KB060169

시집을
고마운 인연
햇살처럼 따스한 사람

님께 드립니다

송미숙

넌   월   일

청어詩人選 413

일몰 없는
황혼의 삶

송미숙 시집

청어

자서(自序)

오늘도 늘 봄날 같은 나날이길 염원하며 걸음을 내딛는다.

오늘의 행복과 내일의 안위를 위해 온 마음으로 달에게 소망을 빌며 조용히 잠을 청한다.

사랑하는 사람들과 오래도록 함께 즐거이 웃음꽃 피우고 무탈하길 바라는 꿈을 꾼다.

내일 일어나는 일을 모르기에 오늘도 웃고 떠들며 이웃과 어우렁 더우렁거린다.

아름다운 노을의 주단을 깔고 걸어가면서, 황혼의 빛과 함께 다가올 모든 시간들을 꽃길로 마중하면서 행복을 기대하는 순간들에 감사를 표한다.

내가 알고 나를 아는 모든 사람들, 가족들, 친구며 후배들… 그 모든 사람들에게, 빛나는 오늘과 내일의 삶이 영위되어지길 간절히 기원한다.

『일몰 없는 황혼의 삶』을 조심스럽게 상재한다.

꾸밈없이 살아가는 일상을 마음을 보아 아름다운 자음과 모음의 조화로 쉬운 단어들을 사용하여 이해하기 쉽게 풀어 보았다.

늦은 나이란 없듯 황혼이 익어가는 이의 글을 읽어주시고 조금이나마 마음에 위안이 되시길 두 손 모아 모두가 행복하기를 소망한다.

2023년 여름의 끝자락

霞庭 송미숙

차례

1부 가을의 서곡

2부 삶의 여행길

3부   국화는 피었지만

4장 어머니의 길

평설

가을의 서곡

황혼 길 노을 속으로 걸어가듯
자박자박 걷는 그 등 뒤에
고독이 달라붙어 있다

봄을 깨우는 소리

몸속을 무시로 드나드는
바람이 매서운데
봄을 부르는 꽃들이
배시시 웃어 주니

잔잔하게 밀려오는
추억이 하나둘
그리움 속으로
풍덩 빠져든다

담장 너머 들리는
아이들의 해맑은 웃음소리가
이윽고 마음을 열어제치는
봄인가 보다

향기가 그리워지는 시간
창살 없는 창틈을 지나
침묵으로 서성이는
봄의 전령들이여

비로소 내 삶의 봄을
꿈꾸어 본다

봄은 꽃이여라

천상의 소리 침상을 맴돌며
잠을 깨우더니 춤을 추고
아지랑이 모락모락 피어오르니
꽃은 춘풍에 나비 되어 날아다니고

꽃길 따라 걸음걸음 마중 나가니
마음도 꽃이 되어
향기를 품어 안는다
지난 봄날은 바이러스로 얼룩졌지만
이번 봄날은 기쁨과 희망의 물결이네

살아 숨 쉰다는 것은
어기찬 기적이니
내일을 향해 힘차게
걸음을 내딛는다

아니 벌써

뜨겁게 열을 내뿜던
봄의 햇살이
살짜기 절하고는
구름 뒤로 숨어드니

여름은 발 빠르게 다가와
품속으로 안겨들며
불꽃을 피운다

연둣빛 이파리 너울춤은
살랑살랑 세상을 유혹하니
산들바람 앞세워
들녘 나들이 하던 봄 아씨는
떠나는 햇살 아쉬워
궁시렁궁시렁

고목나무 밑을
서성이는 부채 선비
게으른 세월을 앞세우며
사랑 찾아 왔으려나

가을의 서곡

햇살은 마음 안에 사랑을 싹 틔우고
세월은 뭉게구름 앞세워 흘러가니
가을은 커피 향처럼 그리움이 두터워진다

바람도 외롭다며 어디론가 도망치고
저녁 이슬이 내려앉는 길섶엔
풀벌레 울음소리만 요란하다

황혼 길 노을 속으로 걸어가듯
자박자박 걷는 그 등 뒤에
고독이 달라붙어 있다

가을 여인

가을바람이
마음을 훔쳐 타고 와
가슴에 스민다

청명한 날
노랗게 물든 벼 이삭은
가을을 마시며 고개 떨구고

방향을 잃어버린 채
하늘을 바라보니
먹구름이 끼어
걸음을 뗄 수 없다

나의 마음은 가을에 머무르지만
갈피 못 잡는 이 순간
사막에 홀로 서 있는 듯하다

빛을 쫓아 가보지만
석양뿐인 이 길 위에
황혼만이 나를 반가이 맞이한다

가을 햇살

가을 햇살 기분 좋은 아침
쪽빛 하늘 뭉게구름 두리둥실
단풍잎은 바람결에 살랑살랑

개울가 시냇물은 졸졸
산야초 향기마저 코를 자극하니
저물어 가는 가을은 정겹다

바쁘게 움직이나 보면
아침 햇살은 어느덧
서녘 하늘에 걸려 어둠을 내리며
노을빛으로 물들이며 잠든다

가을 밤

한쪽 눈을 지그시 감아야
심장 뛰는 소리가 들린다
깨금발로 서 봐야
눈먼 사랑이라도 보인다

가을 하늘에 하얀 구름은
자유로운 영혼이 되어
길 잃고 방황하는 방랑자에게
함께 가자며 부른다

밤이 무색하리만큼
귀뚜리는 목청껏 찌르르
밤잠 못 이룬 가을 여인에게
부푼 낭만을 안기니

달빛 따라 두둥실
하늘을 나는 꿈을 꾼다

낙엽은 그렇게

나는 어쩌라고
마음을 흔들어 놓고
흔적을 남겨 놓은 채
떠나가려 하니

하늘 향해 바람결에 나부끼니
아프다고 호소하며
스러져갈 마음이여
어디에노 둘 수 없어
애당초 그리도 울부짖었느냐

심연의 늪에 빠져드는
무거운 짐도 함께 가져가려무나
빈 마음이 차라리 나을 듯싶다
가거들랑 더는 흔들지 마라

한 시절 피었으니

한 잎의 낙엽도
몇 천 번 이슬에 젖고야
물이 든다
들꽃도 아파하며 피지만
속절없이 지진 않는다

내 걸어온 시절도 그랬다
피어 보지 못한 채
서러움으로 지는 것들이
헤일 수 없으리니

나 피었으니
곱게 시들어 가리니
그 몰골 볼품이 없다 나무라지 마라
그것이 우리네 생(生)인 것을

다만 시들어가면서도
훨훨 나는 새 되는 꿈을 꾸니
헛되다 하지마라
나만의 생(生)이니

시월의 향기

가을이 농익어 간다
지나가는 시간도 동여매놓고
색동옷으로 갈아입은 나뭇잎 사이로
환하게 웃으며 고개 내민 해님은
달콤히 속삭이며 은성한 축복 내리고
갈바람은 바스락바스락 사랑을 속삭이니
지친 마음이 설레인다

해는 내닫는 발사국마다
온 누리를 사랑으로 붙들어 매고
하늘도 쪽빛으로 상기되어
붉게 물들며 쉬어가고
풀벌레 울음소리에
정적도 깨어나니

가을은 이렇게
지나가는 시간도 붙들며
농익어간다
길고 긴 내 생(生)의 여정도
이 가을과 동행하리라

낙엽의 반란

채색된 길목의 수채화
마음에 담아 그려보니
환희의 종소리
심장을 깨워 울리고

빛에 반사되어 빛나는 낙엽은
하늘하늘 날리다
땅바닥에 주저앉고
소리 없는 가을의 선율은
푸른 바람 속에
설렘을 안겨 주니

낙엽 한 잎
가녀린 몸짓으로
살랑살랑 죽음의 춤사위 펼치며
고운 빛깔로
여인 가슴 속을 휘젓는구나

가을 이야기

가을은
수많은 이야기가 있습니다
기쁨을 부르지만 외로움은 여전하고
가는 길을 보여주지만
헤매며 눈물을 쏟게도 합니다

풍요의 결실이기도 하지만
푸른 생명들의 종생을
예삼하는 까닭으로
마음 한구석은
늘 구멍이 뚫려 저리고 아픕니다

파란 하늘과
국화 향기와
온 벌의 오색 물결이
희망으로 위로하지만
더불어 저만큼의
낙엽의 시간이 다가옵니다

채우지만 버리고 비움으로

다시 채워지는

이 가을의 진리를

체득하리니

2부

삶의 여행길

그 또한 그때는 절절한 인연이었으므로
송두리째 다 베어낼 수는 없으므로
뒤늦은 후회지만 그 또한 잊을 뿐이다
아프게 가슴을 짓이기며 남은 상처이기에
다독다독 되뇌고 곱씹을 뿐이다

사랑은 꽃이다

나에게 말없이 다가온
그대라는 꽃
내 곁에 오래도록
머물게 하고 싶어
푸르름이 짙어진 연둣빛 휘장 두른
네 품에 거침없이 안긴다

오늘도 눈이 부시도록
빛이 나는 그대를
오래도록 아끼고 싶은
나의 꽃 그대여

그대는 사랑이다
가장 선(善)하고 고운

시절인연

부드러운 햇살이
온몸을 휘감고 배시시 웃던 날
한 시절 다 피운 꽃잎은
산들바람에 난분분 휘날리며 춤추고
춘풍은 슬멋슬멋 다가와
내 등을 토닥토닥

너희가 있어
나 또한 여기 있으니
너희가 맑고 밝아서
나 또한 맑고 밝으려 하니

너희와 난
이 한 시절에 빛나는 인연이니
내가 사랑하는 이들 또한
밤하늘에도 밝은 별처럼
등불 같은 축복으로
켜켜이 밝아지는 동행이길

아침 편지

스산한 가을바람이 부는 날
옷깃을 여미며 바깥에 나선다
이슬 맞은 풀잎들
보석이 되어 영롱하게 반짝이고
추억에 빠져든 상념으로
그대를 잊지 못한다

달빛처럼 달려들어 와
가슴 흔들어 놓은 그대
내 곁을 떠났어도
영혼의 향기는 가슴에 남아
따뜻한 숨결을
더듬게 하는 그대

그대를 그리워하는
미약하지만 강한 내 사랑이
가을을 견디게 하는 힘이다

젖은 마음

빨간 단풍이 말을 건넨다
가을이 싫다고
정열을 태우고 태워도
남는 건 여운뿐이라고

노란 단풍이 말을 건넨다
황혼에 물들이며
찬란히 빛을 뽐내도
남는 건 슬픔뿐이라고

뒤안길 넘어가는 서산의 해처럼
열정도 서서히 식어가고
시간은 엎드려 무위로 채우고
시절(時節)도 먼 산
날숨 속으로 숨어들며

외로움이 벽처럼 쌓이지만
내일은 내일의 태양이 떠오르듯
한 가닥의 끈이나마 부여잡고
새로운 날의 희망을
오늘의 그릇에 퍼 담으리

나의 삶은

자연의 색은
계절 따라 수시로 변한다
자연이 무시로 내뿜는 향기도
천 가지 만 가지
그 색과 향에 취해 내딛는
내 발걸음이 가볍다

알알이 영글어가는 열매들은
다음 생(生)을 위혜 기꺼이 헌신하니
자연에 매이는 우리 삶의 양태도
영글어가는 저 과일처럼 익어가리라

내 마음 깊은 곳에
늪 되어 엉겨있는 상처들도
저 노을빛에 깨끗이 정화되길

이루지 못한 사랑

당초부터 어긋난 길이었지
이루어질 수 없는 사랑
말없이 떠나간 그 자리
추억이 그윽이 남지만
내버려 둔다

그 또한 그때는 절절한 인연이었으므로
송두리째 다 베어낼 수는 없으므로
뒤늦은 후회지만 그 또한 잊을 뿐이다
아프게 가슴을 짓이기며 남은 상처이기에
다독다독 되뇌고 곱씹을 뿐이다

이제는 홀로 걸어가는 길
외롭지만 또 다른 생의 의미를 찾는다
인생은 어차피 혼자인 것을
하늘에 한 점 부끄럽지 않은
내 삶이면 되리

작은 목소리

세월 따라 바람결에
묵묵히 이율배반 하지 않고
오랜 풍파 속에 흔들림 없는
바위와 벗하자며
속삭이는 너

오직 거짓뿐인
부정한 세상을 향해
진실만을 외치라고
소곤거리는 너

어차피 사랑의 삶인 것을
늘 눈물 한 방울로
이 세상을 바라보라고
나지막이 외치는 너

너가 있어 참 다행이다
너와 함께
더욱 당당해질 때를 위해
기도하리니

구름처럼 바람처럼

저녁노을이 머무는 밤하늘
추억으로 가는 길목 서성이노라니
온갖 상념들이 눈앞에서 흔들리고
걸어온 세월이 주마등처럼 스쳐간다

검은 머리가 흰서리로 내려앉는 지금
그 무엇에 미련 두리
빈손으로 왔으니 빈손으로
가뿐히 돌아가면 되리

집착일랑 하나 둘 다 내려놓으며
비우고 또 비우며
여한 없이 미련 없이
구름 따라 흐르듯
바람결에 순응하듯

그리 그렇게
한 톨 먼지 되어
흩어지는 그날까지

삶의 여행길

가을날 신선한 공기 마시며
산책하는 여유는
삶에서 공기 같은 것
절로 미소 지어진다

파란 하늘 밑으로 내려오는
한줄기 태양 빛을
가슴 안으로 가득 채우니
이 또한 유쾌한 일이나

살아가는 매 순간마다
열심히 살았기에
후회는 남지 않는다
간혹 외롭고 쓸쓸해지는 것은
빛 아래 그림자 같은 것이려니

가을이 익어가듯이
절로 절로 자연스럽게
오늘도 내일도 걸어가는 걸음이
곱고 투명하게 빚어지기를
저 석양의 붉은 노을과 함께

칠십 고개

노을 한 자락 올라타고
인생길 찾아 유랑할 적에
꽃들이 앞다투어
향기 피우며 유혹하여
꽃술에 취해 어깨춤이 절로
덩실 더덩실 춤사위 펼쳤다

이제 육십 고개 넘어서니
꽃늘의 유혹도 거품이라
아쉬움이 고개 내밀지만
온갖 미련도 자잘한 온갖 욕망도
희로애락의 거품까지
술잔에 가득 채워 마시며
한잔 두잔 비운다

어느새
칠십 고개가 길을 내지만
그 길도 그리
버리고 비우며 가리라

치매

살아온 세월은 그대로인데
그 세월에 순응하다
질 때 되면 지면 되는 것을
내 삶인데 내가 아니고
어이해 다른 삶에 의지해야 하는가요

수많은 꽃들도 예쁘게 피고 지듯
시절도 순리 따라 절로 흐르고
때 되면 절로 스러져야 하는데
어쩌자고 방황하며 겉도는가요
뭐에 그리 미련이 많아 버리지 못하고
기억을 잃어버린 채 지난 삶에 매이는지
그곳 가는 길이 쉽지만은 않겠지요

나 종생(終生)이 그리될까 두렵소
빛나는 삶 추억하며 모두 편히 가시기를
후인들이 그대의 아름다운
삶의 여정을 오래 기억하리
그대 그 자체로도 찬란했음을

꿈을 먹는 아지매

파란 하늘에
뭉게구름 두둥실 떠가듯
하늘 나는 꿈을 꾸던 아가씨

꿈은 늘 설레게 했다
여태 소녀 때의 꿈을 먹는
아지매는 마음이 설레며
마냥 미소 짓는다

황금으로 수놓은 빛나는 들녘
툭 튕기면 금세 터질 듯한 투명한 하늘
내 마음이 거기 그곳에 있구나

꿈이런가 생시런가
오늘도 꿈을 먹고
꿈꾸며 사는 아지매

빈 주머니

살림살이가 바닥을 친다
빈 주머니만 딸랑딸랑
아낙의 마음도 고드름 타며
내려앉아 꽁꽁 얼어붙었다

새해의 태양은
온 누리에 빛을 발산하며
어둠을 밝히고
어기찬 꿈과 희망을 안겨 준다

내일은 또 내일의 태양이 떠오르니
빈 주머니도 내일은 채워지리니
흰 도화지 여백에 밝은 꿈으로
가득 채운다

오늘

창문에 걸린 녹색 향연에
가슴을 활짝 열어놓고
풀 냄새 나는 공기에 취해
희망의 문을 연다

호수 위로 쏟아지는
무지갯빛은 영혼을 담고
물안개 파노라마는
교향곡 선율을 읊어대니
화가의 붓질로
펼쳐지는 산수화 한 폭

오늘도 이렇게
색채 가득한 하루를 연다

환갑을 맞은 꽃

말을 하지 않아도 세월은 흘러
꽃은 피고 지고
시간을 붙잡아도 잡히지 않은 채
말없이 유유히 흐르지요

육십 고개 넘어선 이후
인생 굽이굽이 돌고 돌아
살아가는 지금은
숨 고르기를 하며 달려가지요

이별은 또 다른 결실을 위해
새 만남을 예비하리니
피고 지는 자리에
지고지순(至高至純)한
사랑이 있다는 믿음으로

고운 자태의 여심으로
당신 곁에 아름다운 꽃으로
피어 머물기를

친구

찾지 않아도 불현듯 다가옵니다
거부할 수 없는 환상입니다
절로 가슴에 내리는 비
도무지 막을 수 없어 그냥 맞습니다

멀리 있어도 생각만으로
늘 가까이에 머무는 이
뜨겁게 또는 차갑게 다가오는 이
늘 제(諸) 마음이고 내 마음입니다

하나가 아니라 둘이어서
더 아름답습니다
늘 이웃처럼 동행이어서
오래도록 빛이 납니다
그의 미소가 끊임없는
사랑으로 남는 이유입니다

늘 젖은 마음을 말려주는
그대가 친구로 있어
행복합니다

부부의 꽃

햇빛이 없어도
물을 주지 않아도
시들지 않은 꽃
부부 마음에 핀 꽃

뜨겁게 불을 태워도
꺼지지 않은 불꽃이 피고
향수를 뿌리지 않아도
늘 향이 살아있는 꽃

그대는 내 곁에
나는 그대 곁에
잔잔히 머문다

이별의 아픔

보내는 건 쉽지 않지만
떠나는 이 붙잡지 않으리
떠나야 할 이유 있어
아쉽지만 조용히 보낸다

바람이 뒷문에 서성이던 날
홀연히 사라지니 이리 아쉬운 건
마음은 여태 그를 붙들었구나

허전하여 한참을 서성인다
흐르는 눈물도
주체하지 못한다

비빔의 화합

흰밥 위에 올려진 봄나물
쓱쓱 비벼 한입 먹으면
봄의 향과 더불어 보약을 먹는다

한 숟가락에 사랑을
두 숟가락에 행복을
세 숟가락에 용서를

세상의 흐트러진 모든 것
버무림으로 하나 되어
빛을 밝히는 등불 되리니

흰밥에 봄나물 버물버물
어우러져 섞이듯이
용서와 사랑 배려 속에
남북이 하나 됨을

소금과 빛이 어둠을 밝히는
두 마음을 하나로 묶어
통일을 염원해 본다

별 바라기

노을이 내린 뜨락은
적막이 흐르고
칠흑 같은 어둠 속
퇴청 마루 걸터앉아
임 그리며

그리움 쌓이던 그 어느 날
별똥비 혼(魂)을 보며 전율하던
내 마음 짜릿해져
그대를 가슴에 품었더랬지

오늘도 널 그리며
하늘만 보는
나는 별 바라기이던가

와인 향기

코끝을 스치는
은은한 향기
여인의 멍울진
젖가슴을 적셔준다

사랑 찾아 헤매는 욕망
고갈되어 쉴 곳을 찾고
혈관 타고 갈증 난
순정한 사랑에 불씨를 지펴
어느덧 붉어진 볼
연지 곤지 엮으며

가냘픈 여인의 가슴 한 켠
타는 설렘이로구나

시간

서로 공존하며
빙글빙글 돌아가는 지구별에서
얽히고 설키며
이리저리 부대끼는 세상

붙잡지 않아도 밀어내지 않아도
손 닿을 만큼의 거리에서
빠르게 지나가며 비소하네

흐르는 나를 붙잡지도
매이지도 말라고 얘기하며
무심하게 흘러갔으나 흔적은 남아
잡으려 할수록 더 멀어지네

뱁새

몸이 작다고
생각이 작은 건 아니다

몸은 작으나
마음이 크다면 사랑도 크리라

서로의 마음을 읽으며
진실로 대소(大小)를 가르니

진정한 사랑이라면
뱁새의 사랑이라도
그 사랑만으로 족하리니

보릿고개의 추억

춘궁기였던 그 시절
풀뿌리와 소나무껍질로 끼니 잇고
보리쌀에 나물 섞어 보리죽으로 연명하던
그 보릿고개 너무 높아
주린 배 부여잡고 헐떡이며 지낸
그때의 세월이 안겨주는 씁쓸함은
지금도 마음 언저리에 자리해 있네

물로 배를 채우고는
허기짐에 겨워하던 내게
보리죽 한 그릇 가득 담아 주며
애잔해하시던 어머니의 그 미소는
이제야 돌아볼 수 있는 추억이 되었구나

동지 팥죽 한 그릇

12월 동짓날
새알심 동동 띄운 팥죽 한 그릇
문 아귀에 뿌려 악귀도 막고
온 가족 사이좋게 둘러앉아
새알 하나 더 얹어 너도나도 후루룩

달 밝은 밤이 되어
장독대 위에 정화수 떠 놓고
자식들 무탈하게 해 달라며
빌고 비는 어머니 기도에
눈시울이 뜨거워지던
그때의 동짓날

가슴 뭉클하게 저미는
동지 팥죽 한 그릇 위에
어머니 얼굴이 떠 있다

3부

국화는 피었지만

나 흔들린다고 줏대 없다고
나무라지 마라
내 사랑 찾기 위한
유일한 생존방식이니

얼레지꽃

어릴 적 철없던 시절
코흘리개 소년은 소녀의 치마를
무슨 마음으로 들추었을까
얼레리 꼴레리

바람은 어디서 불어와
유혹의 숨결로
보랏빛 원피스를 들추나
얼레리 쏠레리

밤이슬 내리는 밤
바스락 소리에 눈을 떠
귀를 쫑긋 열고 보니 어쩌자고
부끄럼도 아랑곳하지 않은 듯
밑을 내보이는가

당당함인지 순수함인지
끼 많은 바람의 눈을 빌려
여인의 치마 속을
은근슬쩍 훔쳐보는가

홍매화

새색시가 선홍빛 날개옷
나풀거리며 내려앉았다

인고의 시간을 지나온
기나긴 동토의 터널
황사 일던 질곡의 늪에서도
오로지 찬란한 꿈 피우기 위해
모질게 버텨내며
숨 가쁘게 달려와 만나는 환희

얼굴은 발그스레 물들고
수줍게 머금은 새빨간 입술은 파르르
환희 작약하는 사랑의 기쁨이라
봄의 여신이 흘리는 진줏빛 눈물은
고고한 단심(丹心)이 풍기는
그리움의 향수로구나

선업(善業)으로 얻은
사랑이어서 더욱 찬란하다
으레 사랑은 그런 것이어야 하느니

민들레

발부리에 밟히는 아픔을 견뎌내었으나
홀대받는 너이기에 애처롭기도 하건만
개화(開花)의 꿈을 위하여
무언으로 버텨내는 네가 자랑스럽구나

찬란히 꽃 피울 다음 생을 꿈꾸며
그 어딘가의 새 땅으로
이생의 온갖 집착도 다 비우고 비워
바람결 따라 날아가는 홀씨여
네 생이 참으로 대견하구나

네 기적 같은 생
나 또한 닮으리니

해바라기

그대를 우러르는 순간
난 온통 반해버렸습니다
오늘도 이슬로 온몸을 빚고 빚어서
치성으로 맵시 다듬어
그대를 기다립니다

그제도 어제도
해 뜨고 저녁노을 질 때까지
애오라지 그대의 마음 얻기 위해
목이 꺾어지고 비틀어지는 아픔도 감내하며
겸손하게 우러러보기만 했습니다

그대가 모른 척해도
설혹 그대가 내친다 해도
오직 끊임없는 열정으로
지극한 순정으로
내 사랑을 불태울 뿐입니다

그대가 어디에 있든
나는 그대를 향해 있겠죠

갈대의 변명

산기슭 언덕배기
바람에 몸뚱이 내맡긴 채
넋 잃은 듯 흔들흔들

나 흔들린다고 줏대 없다고
나무라지 마라
내 사랑 찾기 위한
유일한 생존방식이니

오늘도 이리저리 손 흔들고
휘파람도 신나게 불어대지만
그대 그림자조차 볼 수 없어
뜨거운 입술만 추억하고

애태우며 그대 부르는
내 춤사위는
사랑의 선율이 되어
그대에게 가 닿으려나
내 사랑 전해진다면
그것만으로도 족하건만

오늘도 나는 하염없이
갈피를 잡지 못한채
흔들리고 있구나

석류

여름의 긴 터널을 지나며
정열을 불태우더니
소슬바람 창문을 넘나드는 날
가을을 기다리며 농익고

선홍색 핏빛을 물들이고
조용히 기다리는 마법의 성
그리운 임 손길 닿으면
부르르 떨며 속마음 쏟아낸다

수줍음 가득 안고
속살을 드러낸 십팔 세
입맞춤은 심장이 멎을 듯
사랑은 붉게 타겠지

세월이 흘러 나이 들면
온몸은 와르르 무너져
볼품없는 자화상이 되어
뜨거웠던 심장은 식어가겠지

달맞이꽃 사연

해 바라기는 꿈꿀 수 없어
달 바라기로 세상에 나왔다

어둠 속에서도 조용히 흐르는 시간
서러운 날의 추억도 묻어둔 채
서로 눈빛으로 바라보기만 했던 그 시절

그댄 떠났지만
그대가 남긴 사랑만으로도 담뿍하여
그대 오지 않아도 외롭지 않다
가슴 저 밑바닥에 담긴 그대 숨결
하나하나 꺼내 들으며 기다릴 뿐

오로지 그대 꿈꾸며
평생토록 기다릴 것이니

바람에 흔들리는 꽃

시작도 끝도 없이
있는 듯 없는 듯
바람결 하나 쉬어가는
응달진 비탈에 피어난
이름 모를 한 송이 꽃
나를 닮았구나

네가 한시도 쉬지 않고
흔들리는 건
바람 따라 흐르고 싶어서겠지
나 또한
바람 따라 흐르고 싶다

아서라,
그 또한
공(空)인 것을

들꽃 한 송이

누가 보거나 말거나
아랑곳하지 않고 피어난다
미색이건 박색이건
옥토이든 박토이든
상관하지 않는다

바람 불면 바람의 길 따라 흔들리고
비 내리면 빗방울에 젖어들며
새벽마다 이슬로 목 축이네
절로 자라나 꽃 피우고
씨앗 만들어 도리를 다하니

누가 가냘프냐고
누가 하찮은 꽃이라고 말할 수 있으랴
하늘 아래 땅 위에서
피어난 축복의 생이네

누구에게라도 당당히 말하리니
내 생은 사랑의 수행이었다고

국화는 피었지만

가을 문턱을 넘어섰지만
아직 지나가지 못한 여운이
노란 꽃송이로 피어났구나

지난밤 생장에 아파했으리
포기하고 싶은 유혹에 괴로웠으리
그럼에도 기어코 피어났으니
네가 참으로 자랑스럽구나

이젠 피었으니
무서리 내리면 이지러지겠지
초라한 몰골일까 걱정이겠지

하지만 지는 날도 잊을 만큼
당당해져야 하리
지는 것은 다음 생을 위한 걸음이니

나 또한
피고 또 져가는 널 보며
네 향기에 흠씬 젖어보리라

코스모스 여인

코스모스가 피면
가을이 온다고 했던가
길섶 코스모스 언덕
여인들 나란히 줄 서며
치맛자락 휘날린다

연분홍 색색이 무리져
가는 허리 감싸 안고
어릿광대 춤추듯 노닐며
갈바람 리듬 타듯 노래하니
고추잠자리도 하늘하늘

바람도 코스모스도
저 투명한 하늘빛도
사랑을 그리는 여인들도
모든 이의 행복을 속삭이네

서로를 아끼며 깊어지고 싶은
코스모스 여인의 마음이려나

양귀비꽃 연가

5월 봄비 그치고
6월 녹음이 더 짙어지니
입술은 정열의 말로
그득 담아 붉디 붉어지고
춤사위 하나하나에
붉은 정염 불꽃처럼 피어나니
너 유혹하는 그 몸짓에
내 혼이 녹아내리는구나

네 꽃 한 송이 피우기 위해
숱한 아픔의 시간 참아내며
한잎 두잎 고개 드밀 때마다
몸 찢기는 산통도 이겨내며
사랑의 향기 품었으니

감히 바라보는 시선조차
흠결이 될 듯하고
네 순정한 사랑에
나의 열정은 한참 닿지도 못하니
부끄럽고 또 부끄럽구나

이제 사랑을 외치며
꼿꼿이 저립해 있거라
그런 너에게
사랑을 배우리라

접시꽃 사랑

6월의 기나긴 밤
다홍치마 속자락엔
그리움이 익어가고
깊고 깊은 선홍빛 열정은
잠자는 감성을 깨울 채비를 마쳤다

가슴을 찢어 향을 내뿜고
심장보다 더 붉디붉은 사랑을 빚고
한 번도 입술을 내수지 않은
그 절개로 이겨내온 밤
이제 온 세상을 향해
티 없는 열정을 불 지피려
파도처럼 너울댄다

높이높이 치솟으며
층계마다 이어지는 그리움이
하나의 큰 사랑으로 피어나
세상 향해 보란 듯 당당히
열화하는 접시꽃이여

연잎 사랑

순결의 힘으로
꽃대 위로 밀어 올린
선화(禪化)의 말간 사랑
한 떨기 꽃으로 피어 올리고

연밥이 젖을까
감싸 안은 배려의 마음으로
백 년의 업(業)을
겹겹이 에워싸며
보듬는 천년의 헌신

무명을 깨우며 환히 빛나는
꽃 피우려 발자국은 진흙 속에
순수를 건져 올리고
줄기는 생각의 타래 담아
피어 올린 선화(禪化) 위하여

잎사귀에 발현시키는
연잎의 헌신이었구나

어둠을 밝히는 연꽃

어둠을 가르는
산사의 초야
무언의 향기 속에
진언(眞言)이 말없이 퍼진다

흙탕물 속에서도
청정한 모습으로
맑고 아름다운 모습으로 피어난
기억을 되새기며

마음을 비움으로
내면의 번뇌도 잠재우고
믿음을 심지 삼아
마음의 등불 되어
지혜를 밝히리니

한 줄기 찬연한 빛을 위해
연등으로 피어나 세상을 비추리라

눈꽃

갓 태어난 아이처럼
하얀 미소 지으며
보드라운 뺨에 애무하니
사르르 솜사탕처럼
뜨거운 전율로
녹아내린다

쿵쿵쿵
가슴 울리는 달빛에 취해
눈꽃을 펄럭이며
너울너울 춤을 춘다

서설(瑞雪)은
사랑하는 이를 위해
지상에 솜이불을 깔았구나

나 사랑하리라
하얀 꽃잎 되어 날리니
웃음꽃 절로 피우네

담쟁이 숙명

땅속 깊숙이 뿌리 내려
질긴 목숨을 자랑하듯
빨판이 된 벽을 타고 오르는 이유는
하늘에 닿고자 하는 꿈 때문이다

뜨거움도 마다하지 않은 채
담벽 끝까지 기어오르며
초록 이파리 빼곡히 채워 놓더니
기어이 다시 아래로 타 내려온다

하늘에 오르는 꿈을
아주 포기한 것이 아님을
다시 하늘로 오르기 위해
잠시 아래에 머무르는 것인데
허망한 꿈인 것을 아는지 모르는지
오로지 그 꿈을 꿀 뿐이다

칡에 대한 충언

시커먼 흙물을 토해내고
목마름과 주린 배를 채워주며
한때 진한 사랑을 받았건만
이젠 내버려진 잡풀 되어
그 누구에게 외면당하는가

연녹색 이파리는 봄바람결 따라
춤사위 펼치며 푸른 꿈 키우고
보라색 연정으로 향내 풀풀 피우며
콧노래 불렀던 그때가 그리운가

하지만 푸른 희망의 끈은 놓지 말라
세상 이치는 돌고 도는 것
언제가 다시 환한 날 오리니
세상의 온갖 어둠
얼기설기 뒤엉킨 넝쿨로 겹겹이 껴안고
찬란히 푸른 빛 내뿜을 날 오리니

노을

발갛게 익어가는 서녘 하늘
누굴 위해 저리
곱게 물들이며 고심하는지

어느 임의 사랑인가
정열의 불꽃으로 심장을 태우며
화려하게 물들이는

나도 드레스 입은 새색시 되어
노을을 따라가 본다
사랑 찾는 여인이 되어
노을 되어 머문다

내 사랑도
그 어디쯤에
자리하고 있겠지

오이도의 사연

바다는 황혼빛에 넋을 잃고
가을은 그리움 찾아
바람 따라 머무는 자리

오이도의
갯내음 번지는 파도 소리
지친 몸을 달래주며
마음에 새겨진 미소
수면 위 흔들거리는
불빛에 마음을 맡기며
갈매기 등에 기대여 날아 본다

깊어가는 가을의 정취
불야성의 불빛과 함께
오이도의 밤은 정적이 흐른다

가로등

낯익은 도시에
저녁노을 사라지면
가로등이 불을 밝힙니다
종일 지친 삶들이
고단한 몸으로 풀어놓은 세상사를
두루 어루만지며 어둠을 밝힙니다

불빛이 하나둘 꺼지고
어둠이 깊어 더욱 감감해지면
홀로 더욱 밝아지는
어둠의 눈이 됩니다

홀로 외로움을 벗하며
외발로 서서 임의 얼굴 그리니
임의 창가를 서성이듯
그리움을 쏟아내며
어둠 속에서 길을 밝힙니다

기다림으로 쓸쓸히 외눈박이 되어도
임을 기다림에 기쁘기 그지없겠지요

창덕궁

적요에 잠든 구중궁궐
땅거미 내리자
우렁찬 혼령들의 목소리가
정적을 깨운다

칸칸의 문고리와 문지방 들락날락
방마다 혼령들이 기웃거리니
한 맺힌 설움의 울음소리는
여기저기 담장을 넘나들고

문풍지 사이로 스미는 달빛마저
덩달아 춤추며 한설을 흩뿌리고
천년 고독을 지탱해 온
구중궁궐 그리움의 늪은
더욱 깊어지니

새벽의 닭 울음에
정적은 다시 잠에 빠져든다

보랏빛 사랑

멀리 떠나간 그대여
그리움 그 향기마저
실바람에 허망하게 날아가네

텅 빈 가슴 채우며
무언의 눈빛으로 비산하니
이루지 못한 사랑은 가시가 되어

잔향조차 나지 않은 그곳에서
자석처럼 서로를 당겨 안으니
보랏빛으로 물든 상처만 남기고

몸을 태우고 태워
홀연히 사라지며
타지 않는 그리움만 남는다

4장

어머니의 길

개울가 꽁꽁 언 물에 두 손 담그시며
모시적삼 헹구시던 모습
꿈속에서나 뵈올 수 있으려나
애타게 불러 보아도 대답 없는

아버지

높디높은 태산입니다
힘들고 지칠 때 안락한 의자입니다
외로울 때 꼬옥 안아주시며
어리광 부리고 투정하여도
무한히 받아주시는
한량없는 사랑이십니다

사랑한다 말하고 싶고
효도하고 용돈 챙겨드리며
따뜻한 손잡고 외식하고 싶어도
그리운 목소리 들을 수 없고
지금은 아니 계시니

아버지
애타게 불러도
메아리만 공허히 돌아오고

그래도
다시 또 다시 부릅니다
아버지 사랑합니다

어머니의 길

멍울진 꽃 피워보지 못한 채
꺾인 당신의 숙명이 애처롭구나
파란 하늘에 흐르던 구름이 채어갔을까
홀연히 날아든 바람과 함께 달아났을까

개울가 꽁꽁 언 물에 두 손 담그시며
모시적삼 헹구시던 모습
꿈속에서나 뵈올 수 있으려나
애타게 불러 보아도 대답 없는

사랑아 사랑아
나의 어머니 내 사랑아
꿈속에서 한 번만이라도 보고 싶소
나 또한 이제 어머니 되어
어머니가 애타게 그립소

엄마

엄마란 한 마디에
가슴이 울렁이며
주저앉고 마는
땅이 꺼지도록 패이고
먹먹함은 더 커지고
세월에 묻힌 그리움 따라
내 마음도 요동친다

사랑이 버문 그 사리
한 올도 지울 수 없어
그리움만 켜켜이 쌓여가고

찬바람 불어오는 날
그리움이
사무치도록 늪 되어
소용돌이친다

가족

이따금 부모는 자식을 위해
가슴이 메여와 아파하나
자식은 부모를 위해
언제나 사랑을 담뿍 안겨 주니

가족이란
그 무엇도 끊을 수 없는
하늘이 맺어준 고리

종생에 이르도록
서로 아끼고 위하며
아름답게 동행하네

사랑이란
그 이름 아래서

손자

마음은 청춘인데
내 의지와는 상관없이
할머니라는 새 이름으로 불리우니
싫을 법도 하건만 나날이 행복하다

하늘에서 내려온 천사가
내 품에 안겨 꺄르르 웃으니
더없이 황홀하고 아름답다
눈에 넣어도 아프지 않다는 말
이런 심정이었던가

할머니 되어 보니 시간이 흘러감은
세월의 자연스러운 변화가 아닐런지
티 없는 눈망울로 말갛게 웃고
꼼지락꼼지락 손짓 하나하나가
기적 같기만 하다
내 아이 키울 때보다
더 행복한 이유가 뭘까

수제비

해거름 어둠살이 내려앉자
하얀 옷 입은 나무마다
얼기설기 눈꽃 피운다

낭만에 취해 춤사위 펼치며
방울방울 날리는 하얀 가루들
어릴 적 동심을 부른다

하얀 김 날리는
수제비 한 그릇
얼었던 가슴도 녹이며
물밀 듯 밀려드는
그리움 불러들여 와

어머니
목메도록 부른다

내리사랑

어머니 등짝은 아가의 요람
졸립다며 칭얼대면
사랑의 손은 자동으로 어부바
배가 고파 울어 대면
메마른 젖꼭지 물리시는
태산 같은 사랑이어라

어머니 손길은
따스한 온기로 데워져
어느새 잠이 스르르 드르릉
아이 오줌으로 몸이 젖어도
어머니 얼굴엔 웃음만 가득
어머니는 영원한 사랑

세상을 향해 걸어온
어머니의 발걸음
이마에 골진 주름만 늘고
흰머리에 허리 굽어져도
자식은 그 사랑 모른다

한 줌의 재로 남아
차디찬 어둠의 바닥
흙으로 돌아가는 순간에도
자식은 어머니의
그 사랑 가늠도 못한다

끈 떨어진 연

긴 꼬리 매달아 높이 날던 연은
바람에 이리저리 날리다
중심 잃고 우왕좌왕

곱디 고왔던 그 얼굴
젊은 날의 패기는
어디로 다 가버렸을까

모든 걸 자식에게 바지고 나니
남는 건 얼굴에 패인 깊은 주름들과
검버섯도 여기저기에 덕지덕지

둥지는 헝클어진 마음만 남아
엄동설한 입김만 풀풀 날리고
고독이 방 안을 채운다

돌아보지 않은 발길은
주인을 잃은 설움만 쌓여
기다림에 지친 세월에
헛웃음이 꽃을 피우고

가슴을 파고드는 한 마디
"느그들만 잘 살면 되았지
난 암시랑토 안해야"

송편

밤하늘 달을 보며
빚은 떡은 무슨 맛일까
어머니 손수레는
달을 따다 예쁘게 빚어내신다

툇마루 웃음꽃은
모락모락 피어오르는
환희의 웃음꽃

속살이 터져 나오듯
한가위 보름달은
만삭이 되어 저물고

정감 넘치는 한마당에
가득히 번지는
풍요와 평화

가장의 무게

새벽녘 닭 울음소리
여명을 깨우며 헛기침 소리에 놀래어
쪽문을 바라보는 순간

살포시 눈 비비며
창밖을 내다보니
발소리 뚜벅뚜벅

등지게 짊어지고 어둠을 가르며
사립문 나선 아버지 등은
가족을 통째로 짊어진 모습

눈시울 적시며 뜨거워진 가슴은
태양처럼 이글거리며
아침 이슬로 내려앉고
동녘의 기운 담아 세상의 빛을 밝히는
무거운 발걸음에는
논두렁 사이의 바람도 달아난다

황혼에도 무지개는 뜬다

-송미숙 시집 『일몰 없는 황혼의 삶』의 세계

김상홍
(시조시인, 단국대학교 전 부총장)

여명의 해돋이는 찬란해 눈부시고
석양의 헤넘이도 짧지만 아름답다
빛나는 일몰이 없는 황혼의 삶 고와라

–『일몰 없는 황혼의 삶』

송미숙 시인의 첫 시집의 문패(門牌)부터가 범상치
않다. 우리는 일몰이 없는 황혼의 삶을 동경하고 꿈꾸
지만, 무릉도원(武陵桃源) 즉 유토피아는 지구상에 존
재하지 않는다. 문패가 역설적이며 반어적이고 도발적
이고 비과학적이지만 여기에 내재 된 함의(含意)가 매
우 심오하고 큰 울림이 있다. 그래서 송미숙의 시집을

읽는다.

유한한 인생인데 세월은 속절없이 흘러가고 있다. 세월이 가니 우리 인생도 덩달아서 따라가고 있다. 인간은 지은 죄가 없어도 누구나 병이 들고 늙고 그리고 죽는다.

송미숙 시인은 자신이 살고 있는 현재의 삶을 일몰이 없는 황혼으로 아름답게 여기고 있다. 즉 긍정적인 사고로 현실의 삶을 무릉도원으로 치환(置換)한 고운 심성을 가진 송 시인은 무죄이다. 꿈꾸는 것마저 속박당하고 살 수는 없잖은가.

임금님도 없고 세금도 없고 불로장생의 선계(仙界)가 무릉도원이다. 과연 이런 곳이 존재할까? 무릉도원은 그 존재 여부를 떠나 동아시아인들의 사유에 큰 영향을 끼쳤다. 무릉도원은 학정(虐政)에 지친 민초들이 갈구했던 도피공간이자, 불로장생을 꿈꾸는 이들이 동경하는 선계공간(仙界空間)이며, 시인묵객들에게는 예술적 재능을 발휘할 수 있는 예술공간(藝術空間)이기도 하다. 다시 말하면 무릉도원은 일찍부터 한문문화권인 동아시아인들의 가슴을 뜨겁게 한 공간이자 꿈과 희망을 갖게 한 공간이었다.

무릉도원이 동아시아인의 의식 속에 선망과 동경의 공간으로 자리 잡게 된 것은 도연명(陶淵明, 365~427)이

58세 때인 422년에 「도화원기병시(桃花源記幷詩)」를 세상에 발표한 이후부터이다. 도연명은 진시황의 학정으로 천하가 혼란하자(嬴氏亂天紀) 인간의 존엄성을 지키며 살아갈 수 없었던 진나라 백성들이 세상을 피해 처자식을 이끌고 인적이 닿지 않은 심심산골로 들어간 곳(賢者避其世)이 무릉도원이라고 보았다.

도연명은 ①학정과 혼란이 없는 새로운 세계로 탈출, 도피처로서의 이상적인 공간이 필요함을 절감하여, ②마치 굴원이 「어부사」에서 가공의 어부와의 대화를 통하여 자신의 뜻을 세상에 밝힌 것처럼 가공(架空)의 어부를 등장시켜 가상의 지상천국을 만들어서, ③위정자에게 학정에 대한 교훈을 주고, ④질곡의 삶을 사는 민초들에게는 심리적으로 위안을 주고 낙토(樂土)에 대한 꿈을 심어주기 위하여 해방의 공간, 지상의 낙원인 무릉도원을 창안해 낸 것이다.

결과적으로 도연명의 「도화원기」는 한자문화권인 동아시아인들의 뇌리에 "무릉도원=이상향"이라는 등식을 깊이 각인시켰다. 그래서 도화원이 어딘가에 존재하는 지상낙원으로 인식하고 노래와 시와 그림으로 전하면서 동경하였다.

있지도 않은 무릉도원을 찾는 것은 부질없는 짓이다. 무릉도원이 있다면 황제들이 차지했을 것이다. 천하의 진시황도 50세에 지하궁전에 영원히 갇혔다. 행복은 먼 곳에 있는 것이 아니라 우리 곁에 있다. 내 삶과 가정에 내 조국에 행복이 있다.

송미숙 시인은 현재의 삶을 발상을 전환(paradigm shift)하여 무릉도원의 삶으로 인식하고 그 애환을 『일몰 없는 황혼의 삶』에다 담았다. 프로필에서 보듯이 송 시인은 문학상 수상 경력이 화려하다. 2015년 등단한 시인이 8년 만에야 첫 시집을 내는 것을 보면 그동안 쌓은 내공이 심상치 않음을 시집을 읽지 않아도 유추할 수 있을 것이다.

1. 타지 않은 애잔한 그리움

시는 문학의 꽃이다. 시와 산문의 차이는 무엇인가? 어떻게 써야 시가 되고 어떻게 쓰면 산문이 되는가? 그 해답을 노오란 국화를 "내 누님같이 생긴 꽃"이라고 노래한 미당 서정주(徐廷柱, 1915~2000)와 「무녀도」 등 향토색 짙은 소설을 쓴 김동리(金東里, 1913~1995) 사이에 있었던 일화에서 찾아보자.

젊었을 때의 일이다. 하루는 김동리가 시를 써가지고 와서 서정주에게 들려주었다. 그중에서 "꽃이 피면 벙어리도 우는 것을"이라는 구절을 듣고 서정주는 아주 마음에 들어

절창이라면서 무릎을 탁 쳤다. 그랬더니 동리는 미당을 빤히 쳐다보면서, "이 사람아! 꽃이 피면이 아니라, 꼬집히면이야"라고 말하는 것이었다. 즉 동리가 "꼬집히면 벙어리도 우는 것을"이라고 노래한 것을 미당은 "꽃이 피면 벙어리도 우는 것을"이라고 들은 것이다. 미당은 그때의 일을 다음과 같이 회상하였다. "그래서 자네는 산문 쪽으로 가야겠네. 그랬지요. 그래서 소설을 쓴 건 아니겠지만 그뒤 소설을 씁디다. 하하하…"(최일남이 만난 사람들, 「시인 서정주씨의 안 잊히는 날들」, 『신동아』, 1983년 3월호, 243쪽)

"꼬집히면 벙어리도 우는 것을"이라면 시가 아닌 산문이 뇌지만, "꽃이 피면 벙어리도 우는 것을"은 훌륭한 시가 된다. 왜냐하면 벙어리뿐만 아니라 성한 사람도 세게 꼬집히는 신체적 충격을 받으면 누구나 아파서 울기 마련이기 때문에, 시라고 하기에는 아무래도 어색하다. 그저 평범한 산문일 뿐이다.

그러나 말 못 하는 벙어리일지라도 계절이 바뀌어 온갖 꽃들이 만개한 것을 보고 어찌 만단의 정회(情懷)가 있을 수 없겠는가? 꽃의 아름다움을 보고서도 말로 표현 못하는 천형(天刑)의 한(恨)이 가슴 속에 맺혀 있기에 흐느끼게 된다. "꼬집히면 벙어리도 우는 것을" 미당은 "꽃이 피면 벙어리도 우는 것을"이라고 들은 상상력과 투시력은 훌륭한 시가 아닐 수 없다. 시와 산문은 다 같은 문학인데도 이렇게 다르다(김상홍, 『한시의 이론』, 고려대 출판부, 1997, 2쪽).

"꽃이 피면 벙어리도 운다"는 것은 시가 되듯이 송미숙의 시집 『일몰 없는 황혼의 삶』에는 어떤 시들이 활어처럼 팔딱거리고 있을까? 먼저 「보랏빛 사랑」을 보자.

멀리 떠나간 그대여
그리움 그 향기마저
실바람에 허망하게 날아가네

텅 빈 가슴 채우며
무언의 눈빛으로 비산하니
이루지 못한 사랑은 가시가 되어

잔향조차 남지 않은 그곳에서
자석처럼 서로를 당겨 안으니
보랏빛으로 물든 상처만 남기고

몸을 태우고 태워
홀연히 사라지며

타지 않는 그리움만 남는다

―「보랏빛 사랑」 전문

　가슴에 그리움이 남아있는 것은 열정이 다 타서 재(灰)
가 되지 않았다는 것이고 아직은 희망이 있다는 것을 의
미한다. 이루지 못한 사랑이 가시가 되어 가슴을 찌르는
아픔과 한이 있어 "몸을 태우고 태워/홀연히 사라지며/
타지 않는 그리움만 남는다"고 한 것이다.
　송미숙 시인의 타지 않은 그리움의 대상이 누구인가
는 중요하지 않다. 소중한 그리움이 가슴에 남아있는
그 자체가 아름다운 것이다. 시인의 영혼에 연소되지
않은 그리움이 남아있는 애틋한 보랏빛 사랑이 있기에
일몰이 없는 황혼의 삶을 살고 있는 것이다.
　삶과 시가 둘이 아닌 하나로 표리가 일치하고 일원
적(一元的)이다. 삶이 시적이고 시가 삶인 영혼을 가졌
으니 송미숙은 축복받은 시인이다.

2. 인류의 아름다운 세계

　문학의 꽃인 시는 인간의 정신적이고 지적(知的)인
활동의 아름다운 산물을 문자로 교직(交織)한 것이다.

송나라 라대경(羅大經)은 『학림옥로』(鶴林玉露) 의 「회사」(繪事)에 이렇게 언술했다.

훌륭한 화가는 하얀 눈(雪)을 그릴 수는 있으나 그 맑음(淸)을 그릴 수 없고, 둥근 달(月)을 그릴 수는 있으나 그 밝음(明)은 그릴 수 없으며, 꽃(花)을 그릴 수는 있으나 그 향기(馨)는 그릴 수 없고, 옹달샘(泉)을 그릴 수는 있으나 그 졸졸 흐르는 물소리(聲)는 그릴 수 없으며, 사람(人)을 그릴 수는 있으나 그 사람의 정(情)은 그려낼 수 없다.(繪雪者, 不能繪其淸, 繪月者, 不能繪其明, 繪花者, 不能繪其馨, 繪泉者, 不能繪其聲, 繪人者, 不能繪其情)

그러나 시는 하얀 눈(雪)의 맑음(淸)도, 둥근 달(月)의 밝음(明)도, 꽃(花)의 향기(馨)도, 옹달샘(泉)이 흐르는 소리(聲)도, 사람(人)의 정(情)도 그려낼 수 있는 문자예술(文字藝術)이다. 시는 절제와 지적통제로 문자를 교직(交織)한 것이기에 우리의 영혼을 청징(淸澄)하게 한다.(김상홍, 『한시의 이론』, 고려대 출판부, 1997, 9쪽)

우리 인간은 지혜로워서 인간사의 희로애락은 물론 우주 삼라만상의 모든 것을 정치(精緻)하게 문자로 교직하여 표현하는 재능이 있다. 이를 운율(韻律)에 실으면 『시경』처럼 시가 되고 노래가 된다. 지금은 시 따로 노래 따로지만 태초에는 시이자 노래였고 노래이자 시였다.

하늘의 별보다 더 많다고 하는 시인들이 있어 그 시를 통해 새로운 것을 보고, 느끼고, 알게 된다. 우리가 한세상을 살아가면서 가슴에 와닿는 좋은 시를 가끔 읽을 수만 있다면 마음이 훈훈하고 삶이 향기롭고 즐겁다. 좋은 시가 사랑받는 이유는 다음과 같다.

①시는 우리들이 앞서 보지 못했거나 보았다 하더라도 그렇게 똑똑하게 보지 못한 것들을 정확하게 보게 하고

②시는 우리들이 미처 느끼지 못했던 그 무엇을 느끼게 하거나 느꼈더라도 그렇게 심각하게 느끼지 못한 것들을 정확하게 느끼게 하며

③시는 우리들이 미처 알지 못했던 사실을 알게 하거나 알았더라도 정확하게 알지 못했던 사실을 분명하게 알게 하기 때문이다.(김상홍,『한시의 이론』, 고려대 출판부, 1997, 7쪽)

송미숙의 시집『일몰 없는 황혼의 삶』에서 우리는 무엇을 보고, 무엇을 느끼고, 무엇을 알 수 있을까?

시인은 초보(初步) 할머니이지만 정신적으로 아직은 여성의 아름다움과 연분홍 고운 꿈을 간직하고 있다.

그런데 어느 날 하늘에서 천사보다 더 아름다운 손자
가 태어났다. 이 기쁨을 이렇게 형상화했다.

마음은 청춘인데
내 의지와는 상관없이
할머니라는 새 이름으로 불리우니
싫을 법도 하건만 나날이 행복하다

하늘에서 내려온 천사가
내 품에 안겨 꺄르르 웃으니
더없이 황홀하고 아름답다
눈에 넣어도 아프지 않다는 말
이런 심정이었던가

할머니 되어 보니 시간이 흘러감은
세월의 자연스러운 변화가 아닐런지
티 없는 눈망울로 말갛게 웃고
꼼지락꼼지락 손짓 하나하나가
기적 같기만 하다
내 아이 키울 때보다
더 행복한 이유가 뭘까

－「손자」전문

시인의 마음은 청춘인데 본인의 의지와 상관없이 할머니가 되었지만 나날이 행복하다고 했다. 하늘에서 천사가 내려와 품에 안겨 웃는 손자의 황홀한 모습을 보고, 눈에 넣어도 아프지 않다는 말이 이런 심정이었냐고 초보 할머니는 기뻐서 노래했다. 저출산 고령화 시대 손자의 탄생은 한 가정의 기쁨으로 끝나는 것이 아니라 나라의 기쁨이기도 하다.

시인은 여성으로서 세월이 가는 것이, 상황이 변하는 것이, 달갑지 않음을 진솔하게 토로한 순수미(純粹味)가 있어 시를 읽는 즐거움을 주고 있다.

그러면서도 "티 없는 눈방울도 말갛게 웃고/꼼시락 꼼지락 손짓 하나하나가/기적 같기만 하다"라고 독백했다. 꼬물꼬물 웃는 모습과 꼼지락꼼지락 움직이는 동작 하나에 한없이 좋고 기쁜 것은 손자이기 때문이다. 손자가 내 아이보다 더 행복하고 좋은 이유를 오롯이 형상화했다.

내 아이에게는 엄격하지만 손자 손녀에게는 한없이 관대하고 모든 것이 용서되고 보듬고 베푸는 것은 혈육에 대한 내리사랑이자 원초적 본능이다. 시인은 이를 아름답게 형상화했다.

「손자」에서 보듯이 송미숙 시인은 심리묘사가 뛰어

나다. 초보 할머니로서 겪는 인류의 기쁨과 즐거움과 자아의 심연(深淵)에 있는 모든 것을 숨김없이 토로하여 시집을 읽는 이들에게 미소를 짓게 한다.

3. 인생사의 심오한 관조

조지훈(趙芝薰, 1920~1968) 시인은 「낙화(落花)」에서 "꽃이 지는 아침은/울고 싶어라"고 했다. 당나라 두보(杜甫, 712~770)는 「곡강 2수(曲江二首)」에서 꽃잎 하나가 바람에 날아가도 새봄이 상처를 입었다고 노래했다.

꽃잎 하나가 바람에 날리니 봄이 상처를 입었고
(一片花飛減卻春)
수만 송이 바람에 흩날리니 정말 수심에 잠기네
(風飄萬點正愁人)
또 꽃이 다 져서 봄 가는 것을 눈으로 봐야 하니
(且看欲盡花經眼)
상하는 것 많다고 술이 입에 들어감을 싫어 마라
(莫厭傷多酒入脣)

두보는 인생은 무상하고 유한한 만큼 현재의 삶을

소중하게 가꾸어 나가야 함을 점층법(漸層法)으로 수사했다. 수만 송이 활짝 핀 봄꽃 중에서 꽃잎 하나가 바람에 날려도 아름다운 봄이 상처를 입었다고 애상에 젖었다. 두보의 사물에 대한 관조의 세계와 심미안은 우리들이 미처 보지 못하고 느끼지 못하고 알지 못한 것을 놀라운 통찰력으로 알려주고 있다.

수만 송이가 바람에 흩날리자 더욱 수심에 잠겼고, 또한 꽃들이 다 지고 봄이 가는 것을 눈으로 보고 아쉬워했다. 가는 세월을 붙잡을 수 없는 나약한 인간으로서 유한한 인생의 한시적 삶을 잊고자 하였다. "꽃 이파리 하나가 지다→수만 송이가 지다→꽃이 다 지고 봄이 가다"라고 점층법으로 가는 봄을 아쉬워했다.

가는 봄을 보면서 "상히는 것 많다고 술이 입에 들어감을 싫어 마라(莫厭傷多酒入脣)"고 한 것은 천하의 명구이다. 술 없이 가는 봄을 보낼 수 없기에 마신 것이다. 금년에 핀 꽃이 지고 나면 내년 봄까지 살아 다시 꽃을 볼 수 있다는 보장이 없기에 몸에 해로운 술을 마신 것이다.

송미숙 시인은 꽃이 지고 봄이 가고 오기를 반복하는 동안 "희로애락의 거품까지 술잔에 가득 채워 마시며 한잔 두잔 비우니" 어느덧 "칠십 고개가 길을 내더라"고 노래했다.

우리 인생에서 나이 70은 큰 의미가 있다. 지금은

100세 시대지만 옛 사람들에게는 인생 70은 드문 일이었다. 그래서 두보는 이렇게 노래했다.

조정에서 돌아올 적에 날마다 봄옷 저당 잡혀서
(朝回日日典春衣)
매일 같이 곡강 가에서 실컷 취하고서 돌아오네
(每日江頭盡醉歸)
술 먹은 외상값은 찾는 술집마다 곳곳에 있음은
(酒債尋常行處有)
사람이 칠십 세를 살기 옛부터 드물기 때문이네
(人生七十古來稀)

두보는 조회를 마치고 퇴근할 적마다 봄옷을 잡히고 술을 마셔서 곡강 가에 있는 술집마다 외상값이 있었던 것은 "사람이 칠십 세를 살기 예부터 드물기 때문이네(人生七十古來稀)"이었다. 70세를 고희(古稀)라고 하는 말이 이 시구에서 나왔다.

송미숙 시인에게도 60고개를 넘고 보니 어느 사이에 70고개가 기다리고 있다고 덧없이 흘러간 세월을 이렇게 반추하였다.

노을 한 자락 올라타고
인생길 찾아 유랑할 적에

꽃들이 앞다투어
향기 피우며 유혹하여
꽃술에 취해 어깨춤이 절로
덩실 더덩실 춤사위 펼쳤다

이제 육십 고개 넘어서니
꽃들의 유혹도 거품이라
아쉬움이 고개 내밀지만
온갖 미련도 자잘한 온갖 욕망도
희로애락의 거품까지
술잔에 가득 채워 마시며
한잔 두잔 비운다

어느새
칠십 고개가 길을 내지만
그 길도 그리
버리고 비우며 가리니

－「칠십 고개」 전문

　유수 같은 인생사를 절묘하게 형상화했다. 육십 고
개를 넘기고 보니 어느 사이 칠십 고개가 길을 내며 기
다리더라는 독백에서 지나온 세월의 애환이 오롯이 내

재(內在)되어 있다. 노을 한 자락 올라타고 인생길을 유랑하던 지난날 "꽃술에 취해 덩실 더덩실/어깨가 저절로 곡예를 부린" 아름다운 시절도 있었다.

희로애락을 술잔에 가득 채웠던 시인의 삶에도 세월이 흘러 "어느새 반갑지 않은 손님이 찾아 들면서 칠십 고개가 길을 내고 있었지만", 이를 의연하게 수용한 달관(達觀)의 세계가 돋보인다.

송미숙은 "엄마란 한 마디에/가슴이 울렁이며/주저앉고 마는"(「엄마」) 고운 꿈을 노래했다. 그리고 "깨금발로 서봐야/눈먼 사랑이 보인다"(「가을밤」)며 시리고 아름다운 사랑을 노래했다.

이상에서 살펴본 시들은 송미숙 시집 『일몰 없는 황혼의 삶』의 편린(片鱗)에 지나지 않는다. 우리는 숲속을 쏜살같이 휙 하고 달려가는 얼룩무늬 한 점(一斑)만을 보고도 표범(全豹)이 지나간 것을 알 수 있고, 한 점(一臠)의 고기 맛을 보고서도 온 솥 안의 국맛(全鼎之味)를 알 수 있다. 즉 머리부터 꼬리까지 전체를 다 보아야 표범임을 아는 것이 아니고, 온 솥 안의 국을 다 먹어봐야 국 맛을 아는 것이 아니잖은가. 하나를 보고도 열을 알 수 있는 것이다.

송미숙의 시집을 통해서 우리는 많은 것을 보고, 느끼고, 알 수 있다. 젊은 날에만 무지개가 뜨는 것이 아

니다. 송미숙 시인처럼 황혼에도 아름다운 무지개가
뜬다. 벌써 제2시집이 기다려진다.

'비움과 채움'의 미학,
그리고 참사랑의 변주곡

김선욱
(시인)

　가히 '시의 시대'다. 모든 시인들은 자기만의 목소리를 갖는다. 목소리, 즉 메시지(message)라고 할 수 있는 '시인 고유의 목소리'는 시사(詩史)에서 중요한 자리를 차지하는 유명한 시인에서부터 습작기 시인들에 이르기까지 거의 대부분의 시인들이 갖는 기본적인 시의 문법(文法)이라고 할 수 있다.

　시를 쓰는 행위가 기본적으로 말(어휘)을 운용하는 것이며, 시인은 말을 운용하는 기술자라는 생각에 동의한다면 개성 있는 시인의 목소리의 중요성이 강조되는 것은 당연한 일이라고 할 것이다.

　보통 시에 있어서 '시의 정신'과 함께 중요한 덕목은 '시의 기교(技巧)'이다. 시어(詩語)를 조탁(彫琢)하고,

시구(詩句)를 연마하여 화자가 원하는 대로의 감흥과 정서를 잘 묘사하는 일이 시의 기교라 할 수 있다. 이를테면 참신한 비유·은유·상징성의 조화, 신선한 이미지의 구성과 조합, 시적 형상화의 진경(眞境) 같은 것이 시의 기교라고 할 수 있다. 이러한 시의 시교는 오랫동안의 습작과 교육(학습), 오랜 작시(作詩)의 경험 등의 부산물 같은 것이라고 할 수 있다.

시는 언어로 조형되는 예술이다. 즉 앞에서도 언급했지만 언어(어휘)의 조형을 통해 '시(詩)'라고 하는 예술을 창조하는 행위가 곧 시인 것이다.

시인이 시를 쓰면서 사물(대상체)에 대해 단순히 보고 느낀 감정 그대로를 표현하거나 시화(詩化)하지는 않는다. 즉 단순한 관찰이나 지식민으로 시를 쓰지 않는다는 것이다. 대상체에 대한 통찰의 직관력을 더하고, 자기 삶의 체험과 지혜를 바탕으로 한 새로운 의미를 부여하고, 여기에 시인의 상상력을 더하면서 시인의 고유한 메시지를 부여함으로써 고유의 시가 탄생되는 것이다.

『일몰 없는 황혼의 삶』은 송미숙 시인의 첫 시집이다. 송 시인은 시집 제목이 말하듯, 회갑이 지난, 인생의 황혼기를 맞이하고 있는 시인이다. 송 시인의 시를 들여다보니 이번 시집에 상재된 시들이 범상치 않아

눈길을 끈다.

『일몰 없는 황혼의 삶』의 1부는 삶의 모습과 자연의 존재 양식이 결합된 '삶+자연'의 시간에서 실존의 의미를 읊은 시들로 엮어졌다. 2부는 소소한 일상의 '삶의 시간' 위에서 만난 삶을 통찰·관조해 온 시들로 엮어졌다. 3부는 야생화 등 자연에서 만난 존재에서의 강렬한 생명성과 순수한 참된 사랑의 의미를 탐구하였다. 4부는 아버지, 어머니, 손자 등 가족의 이야기로 꾸며져 있다.

1. '삶+자연의 시간'에서 건져 올린 울림이 큰 개성의 목소리

1장의 시들은 주로 '자연+삶의 시간'에 얽힌 대상을 제재(題材)로 한 시편으로 묶여졌다. 이들 시에서 우선 돋보이는 것으로, 시 전편에 보인 송 시인의 사유(思惟) 깊은 메시지, 즉 시인의 단단한 목소리다.

특히 황혼기를 살아가는 여인으로서 자연과 일상의 삶에서 만나는 대상체에 대한 다양한 시편들이 독특한 통찰(洞察)과 관조(觀照) 그리고 삶의 지혜를 담은 시인의 개성 있는 메시지를 전해주고 있어 유독 돋보인 시들이다.

시가 공감을 얻기 위해서는 세상을 보는 눈과 귀가

겸손해야 한다. 시인은 자기를 낮추고 자연과 타인을 존중해야 한다. 이처럼 타인의 존중에서 세상을 너그럽게 수용할 수 있다. 이는 세상을 긍정하는 태도이고 자기 밖의 것도 기꺼이 수용하는 정신이기도 하다. 보통은 이처럼 세상을 긍정의 눈으로 인식하면 시인 목소리도 유순하게 될 수밖에 없는데, 송 시인은 세상을 긍정하지만 마치 '긍정을 위한 부정' 같은 의미처럼 강한 목소리도 숨기지 않는다. 이 점에서 송 시인이 외유내강(外柔內剛)의 성품으로 여겨지기도 한다.

　　부드러운 햇살이
　　온몸을 휘감고 배시시 웃는 날
　　한 시설 다 피운 꽃잎은
　　산들바람에 난분분 휘날리며 춤추고
　　춘풍은 슬몃슬몃 다가와
　　내 등을 토닥토닥

　　너희가 있어
　　나 또한 여기 있으니
　　너희가 맑고 밝아서
　　나 또한 맑고 밝으려 하니

　　너희와 난

이 한 시절에 빛나는 인연이니

내가 사랑하는 이들 또한

밤하늘에도 밝은 별처럼

등불 같은 축복으로

켜켜이 밝아지는 동행이길

－「시절인연」 전문

'시절인연'이란 뜻은 '모든 사물의 현상은 인과의 법칙에 의해 특정한 시기가 되어야 일어난다'는 의미로 흔히 불교용어로 인식한다. 그런데 불교적인 용어이지, 불경 등에는 없는 말이다. 이 말은 명나라 말기의 승려 항주 운서산에 기거한 승려 운서주굉(雲棲株宏, 1535~1615)이 조사 법어를 모아 편찬한 『선관책진(禪關策進)』에 나오는 말이다. 즉, "시절인연이 도래(到來)하면 자연히 부딪혀 깨쳐서 소리가 나듯 척척 들어맞으며 곧장 깨어나 나가게 된다"라는 구절에 연유한 용어이고, 불교 인연설을 토대로 한 말일 뿐이다. 이 용어의 의미는 인연의 시작과 끝도 모두 자연의 섭리대로 그 시기가 정해져 있다, 인연(시절인연)이 맞으면 아무리 거부해도 인연을 만들게 되며, 시절인연이 맞지 않으면 아무리 인연을 맺으려 애를 써도 인연을 맺을 수 없게 된다는 의미의 운명론적인 의미도 담고 있다.

화자는 이 시 도입부에서 부드러운 햇살, 꽃잎, 춘풍 등의 자연 현상을 제시어로 끌어오고, "너희가 있어/나 또한 여기 있으니"하고 불교 인연설을 차용하며 이 시제가 '시절인연'이었음을 밝히고 있다. 그런데 화자는 이 자연과의 인연을 지난 세월 속의 삶의 인연으로 결부시키며 "너희가 맑고 밝아서/나 또한 맑고 밝으려 하니"하며 그 인연을 긍정적인 것으로 수용하며 화자도 그 인연을 긍정적인 에너지로 삼아왔음을 고백한다. 그러나 시절인연이긴 하지만, 그 인연에 결코 안주하지 않고 맑고 밝게 노력해 온 화자의 의지도 담고 있다.

　이어 결연에서, 앞에서도 그랬듯이 정해진 인연(시절인연)으로서가 아니라 그런 인연일지라도 인간의 의지에 의해 얼마든지 변화될 수 있음을 전제하고, 이웃과 사랑하는 모든 사람들에게 밝은 에너지로 작용하길 기원하고 있다. 참으로 곱고 멋진 메시지가 아닐 수 없다.

　정해진 인과법칙에서 나아가, 인간의 선(善)한 의지에 의해 변화될 수 있음을 강조하고, 그렇게 되는 삶이기를, 화자가 아는 모든 사람들도 그렇게 되기를 기원하고, 화자 또한 그리되도록 노력하겠다는, 시인만의 건강한 목소리를 담고 있는 것이다.

　그러므로 이 시는 작자 송 시인의 인생의 철학이며 가치관을 단적으로 보여주고 있다고 할 수 있을 것이다.

송 시인의 일상과 삶을 단적으로 보여주는 또 한 편의 시가 있으니, 「꿈을 먹는 아지매」다.

파란 하늘에
뭉게구름 두둥실 떠가듯
하늘 나는 꿈을 꾸던 아가씨

꿈은 늘 설레게 했다
여태 소녀 때의 꿈을 먹는
아지매는 마음이 설레며
마냥 미소 짓는다

황금으로 수놓은 빛나는 들녘
툭 튕기면 금세 터질 듯한 투명한 하늘
내 마음이 거기 그곳에 있구나

꿈이런가 생시런가
오늘도 꿈을 먹고
꿈꾸며 사는 아지매

–「꿈을 먹는 아지매」 전문

꿈은, 잠자는 동안에 꾸는 꿈과 장차 실현하고 싶은

희망이나 이상을 의미하는 꿈이라는 두 가지 의미가 있다. 여기서 화자의 꿈은 물론 후자의 의미로서 꿈이다.

이 화자의 꿈은 다양하다. 2연에서는 하늘을 나는 초자연적인 꿈에서부터 빛나고 아름다운 자연의 풍경을 꿈꾼다. 참으로 건강한 삶의 비전이요 빛나는 꿈이 아닐 수 없다. 그러한 꿈이 소녀 때부터 지금까지도 계속되고 있다. 하여 화자는 '꿈을 먹는 아지매'인 것이다.

인생의 황혼기에 접어들면 거의 다 포기하고 산다. 오로지 건강하게 살고 현재의 삶을 즐기는 것으로 일관한다. 마지막의 여생이니 보다 즐겁게 놀고, 국내외 여행도 다니면서 한껏 즐긴다. 보통은 다 그처럼 황혼기를 편하고 즐겁게 맞이하려고 삶눈다. 그런데 화자는 보통의 그런 사람들과 다르다. 소녀 적의 꿈을 여전히 꾸고 있다. 회갑을 넘긴 지금도 그런 꿈을 꾼다는 것은 그 꿈의 실현을 위해 지금도 부단히 노력하고 있다는 고백이다.

송 시인은 이 밖에도 여러 시편을 통해 다양한 목소리를 내고 있다. 물론 이런 시편들 역시 전통적인 서정시의 문법을 충실히 따르고 있다. 눈으로 볼 수 있는 대상체를 통찰하고, 그 통찰을 통해 얻어진 발상과 감흥으로 존재에 대한 새로운 의미, 삶에 대한 깊은 사유를 보여 주는 전통적인 서정시 문법에 충실한 시편들이기도 하다.

　뒤안길 넘어가는 서산의 해처럼
　열정도 서서히 식어가고
　시간은 엎드려 무위로 채우고
　시절(時節)도 먼 산
　날숨 속으로 숨어들며

　외로움이 벽처럼 쌓이지만
　내일은 내일의 태양이 떠오르듯
　한 가닥의 끈이나마 부여잡고
　새로운 날의 희망을
　오늘의 그릇에 퍼 담으리

　—「젖은 마음」일부

　화자는, 주위의 모든 환경이 우울하게 하고 외로움이 견고한 벽처럼 에워싸며(젖은 마음이 되었지만) 힘들게 하지만 그럼에도 "내일은 내일의 태양이 떠오르듯/한 가닥의 끈이나마 부여잡고/새로운 날의 희망을/오늘의 그릇에 퍼 담으리"라고 외치고 있다. 이는 화자 자신을 다독이는 목소리이기도 하고, 시를 읽는

독자에게도 그렇게 하자고 권고하는 메시지나 진배가
없을 듯싶다.

　알알이 영글어가는 열매들은
　다음 생(生)을 위해 기꺼이 헌신하니
　자연에 매이는 우리 삶의 양태도
　영글어가는 저 과일처럼 익어가리라

　내 마음 깊은 곳에
　늘 되어 엉겨있는 상처들도
　저 노을빛에 깨끗이 정화되길

　–「나의 삶은」일부

　이 시에서 화자는 "알알이 영글어가는 열매들은/다
음 생(生)을 위해 기꺼이 헌신"한다며 자연의 순리를
전제로 내세운다. 그러므로 우리의 인생도 '그 자연의
순리에 좇아 과일처럼 익어가면 된다'는 순리를 되새
겨 준다. 그렇지만 그렇게 익어가되, 묵은 때는 씻어지
고 상처들도 치유되는, 깨끗이 정화되는 삶이길 기원
한다.

　이별은 또 다른 결실을 위해

새 만남을 예비하리니

피고 지는 자리에

지고지순(至高至純)한 사랑이 있다는

믿음으로

고운 자태의 여심으로

당신 곁에 아름다운 꽃으로

피어 머물기를

–「환갑을 맞은 꽃」일부

  이 시에서 화자는 환갑을 맞기까지의 긴장되었을
삶, 치열히 부딪쳐온 삶을 만나고 헤어진 일을 '만남·
이별'로 통칭하고 있다. 누구나 이별은 아픈 시간이다.
그럼에도 그 아픈 이별 이후를 새 만남을 위해 예비하
는 시간으로 화자는 인식하고 있다. 마치 꽃이 피고 지
듯이. 그러나 실제로는 꽃이 지지만 지는 것으로 끝나
지 않는다. 다음 해의 새로운 꽃으로 태어나기 때문이
다. 그러한 만남과 이별을 지고지순한 사랑으로 표현
했다. 그러면서 화자는 60년 이전의 삶을 통째로 이별
같은 의미로 정의하고, 이어 그 이별 이후인 60년 이
후의 삶을 "당신 곁에 아름다운 꽃으로 피어 머물기
를"소망한다. 이 시 역시 송 시인이 인생에서 놓치지

않고 있는, 삶에 대한 희망이요, 꿈인 것임을 시화(詩話)한 것이다.

2. '삶의 시간'에서 건져 올린 비움과 채움의 미학

1장의 시들이 주로 '자연+삶의 시간'에 얽힌 대상을 제재(題材)로 하였다면 2장은 '삶의 시간'에 얽힌 것들을 제재로 하고 있다.

그러므로 이 시편들은 송 시인이 그동안 긴장감에 옥죄어 살아야 했을, 지난 60여 년의 시간 속에서의 삶의 팽팽한 긴장과 동시에 느긋한 여유가 느껴지는 시들이다. 이는 그가 치열히 부딪쳐온 지난 삶에서 시를 가까이해 온 문학적인 감성 때문이었을 것이고, 그 문학적인 감성이 튕기면 소리가 날 것 같은 긴장감을 내려놓게 하면서 여유와 치유를 갖게 하였을 것이다. 그리고 이런 매개 역할을 당연히 시 쓰기가 감당했을 것으로 여겨진다. 송 시인이 '삶의 시간'에서 건져 올린 시 중 특기할 만한 것으로 '비움과 채움'의 미학의 구현을 시도했다는 점일 것이다.

삶은 한 조각 뜬구름이 일어남이요(生也一片浮雲起)
죽음은 한 조각 뜬구름이 스러짐이니(死也一片浮雲滅)

뜬구름은 자체가 본래 실상이 없으니(浮雲自體本無實)

삶과 죽음도 실체가 없기는 이와 같도다(生死去來亦如然)

그러나 여기 무엇이 항상 홀로 드러나(獨一物常獨露)

담담히 생사에도 매이고 따르지 않네(湛然不隨於生死)

–『석문의범(釋門儀範)』「영가법문(靈駕法文)」

삶은 일어났다가 스러지는 뜬구름과도 같다. 뜬구름
처럼 생과 사는 실체가 없다. 인연에 따라 모였다가 흩
어지는 것, 이것이 존재의 실상이고 현실이다. 그러나
사람들은 대체로 이러한 엄연한 현실을 쉽게 수용하지
못한다. '살아있는 나'가 고정된 실체인 것처럼 착각
하고 집착한다. 그래서 죽음도 수용하지 못하고, 나의
것에 집착하고 남을 차별하니, 삶이 고통스러울 수밖
에 없다. "그러나 여기 무엇이 항상 홀로 드러나(獨一
物常獨露)/담담히 생사에도 매이고 따르지 않네(湛然不
隨於生死)"라고 위 시에서 읊은 결구의 두 구절은 이러
한 존재의 현실을 받아들인 불교적 깨달음의 경지를
표현한 것이라고 할 수 있을 것이다. 이는 달리 말해
생과 사, 나와 남의 차별과 집착이 없는 경지를 표현
한 것이다. 다시 말해 내 머릿속 관념일 뿐인 이분법
적 차별이 없는 불이(不二)의 경지, 생과 사, 나와 남의
차별이 없는 일물(一物)의 경지를 표현한 것이라고 할

수 있다. 아마도 이러한 경지에 오르면, 자기 삶에 초연해지고, 남의 삶에도 귀를 기울이지 않을 수도 없게 될 것이다.

위의 시는 나옹 혜근(1320~1337) 또는 청허(1520~1604)의 시라고도 하지만, 불교의 의식집인『석문의범(釋門儀範)』「영가법문(靈駕法文)」에도 나오는 시구이다. 이 시는 인생은 빈손으로 왔다가 빈손으로 간다는 뜻으로 인생의 무상과 허무를 나타내는 뜻으로는, '비우며 살아야 한다'는 의미를 대표하는 금언 같은 시다. 그런데 이런 내용의 글로는 성서 '디모데전서 6장 7절'에도 나온다. 즉 "우리가 세상에 아무것도 가지고 온 것이 없으매 또한 아무것도 가지고 가지 못하리니"가 그것으로 이것을 한문으로 옮기면 '공수래공수거(空手來空手去)'가 된다.

이 말 역시 위 시에서처럼 풍요와 부(富), 또는 명예 등을 쟁취하고 성취하려는 인간의 본능적인 욕구에 반해 역설적으로 '버리고 비우라'는 금언 같은 의미를 담고 있다.

이처럼 고래로부터 동서양을 가리지 않고 공수래공수거의 의미는 생사관(生死觀點)에서 거의 불변의 가치로 작동해 왔던 불문율 같은 것이기도 했던 것이다.

이를 시적(詩的)으로 표현하면 '비움의 철학'이 된다.

그리고 이 '비움'에 대한 사상이나 관심은 동서양을 막론하고 오랜 역사를 자랑하며 예술계, 특히 시문학에서도 줄기차게 비움의 미학으로 구현되고 승화되어 왔던 것이다.

이처럼 도가사상이나 불교학의 영역으로만 간주해 왔던 '비움'의 미학이 특히 노년기를 맞아 그동안의 삶을 치열하게 통찰해 왔을 송 시인에게도 현실의 지혜로 내려와 시화(詩化)로까지 연결되고 있음을 확인하게 된다.

노을 한 자락 올라타고
인생길 찾아 유랑할 적에
꽃들이 앞다투어
향기 피우며 유혹하여
꽃술에 취해 어깨춤이 절로
덩실 더덩실 춤사위 펼쳤다

이제 육십 고개 넘어서니
꽃들의 유혹도 거품이라
아쉬움이 고개 내밀지만
온갖 미련도 자잘한 온갖 욕망도
희로애락의 거품까지
술잔에 가득 채워 마시며
한잔 두잔 비운다

어느새
칠십 고개가 길을 내지만
그 길도 그리
버리고 비우며 가리니

－「칠십고개」 전문

이 시는 화자가 60 고개를 지나 다가오는 70 고개를
앞두고 자기 삶을 통찰하며 쓴 고백록 같은 시다. 2연
에서 화자는 "온갖 미련도 자잘한 온갖 욕망도/희로애
락의 거품까지/술잔에 가득 채워 마시며/한잔 두잔 비
운다"라고 했듯이, 현실의 삶에서 그동안 집착하고 욕
심부리며 가지려고 했던 것들을 술잔을 빌려 하나하나
비운다는 의미다. 그런데 비운 것의 그 자리에 공허가
채워지고, 채워진 공허 그것 역시 결국 버려야 할 것
들이라고 말한다. 3연에서도 화자는 칠십 고개에 접어
들어 찾아오는 것들도 비우리라고 다짐한다.

그런데 비우면 다시 무엇이든 채워지는 것이 순리요
진리다. 비워지면 비워진 그 자리에 다른 무엇으로 채
워지는 게 너무나 당연한 것이 아닌가. 마치 이 공간
의 공기를 비우면 어찌될까. 절로 다른 곳에서 새로운
공기가 밀려들 것이다.

그러나 그 채워지는 것들이란 이전의 버리고 비웠던

것은 아니다. 이전의 것들은 다 비워버렸기 때문이다. 그렇다면 새로운 것들이다. 새로운 것들이 채워지는 것이다. 그처럼 새로운 것으로 채워지는 것을 위해 더 철저히 버리겠다는 것이다. 무슨 말장난 같은 것으로 여길 수 있지만, 결코 그런 유희 같은 의미는 아니다. 여기에는 자못 심오한 의미를 함유하고 있다. (이에 대한 논의는 다음으로 미루고) 송 시인만의 비움의 미학에 대한 시 한 편을 마저 보자.

저녁노을이 머무는 밤하늘
추억으로 가는 길목 서성이노라니
온갖 상념들이 눈앞에서 흔들리고
걸어온 세월이 주마등처럼 스쳐간다

검은 머리가 흰서리로 내려앉는 지금
그 무엇에 미련 두리
빈손으로 왔으니 빈손으로
가뿐히 돌아가면 되리

집착일랑 하나 둘 다 내려놓으며
비우고 또 비우며
여한 없이 미련 없이
구름 따라 흐르듯

바람결에 순응하듯

그리 그렇게
한 톨 먼지 되어
흩어지는 그날까지

─「구름처럼 바람처럼」 전문

마치 고독한 어느 수행자의 선언문 같은 감동적인 절창의 시가 아닐 수 없다. 이 시 역시 송 시인의 '비움과 채움'의 관점을 다시 확인할 수 있는 시여서 의미가 있다. 이제, 비움과 채움의 의미를 더 들여다보자.

①또한 나는 쓸모없기를 바란 지가 오래됐다. 여러 번 죽을 고비를 넘겨, 이제야 내 쓸모 없음을 큰 쓸모로 삼게 됐다. 만약 내가 쓸모가 있었다면 어찌 이토록 커질 수 있었겠는가? 且予求無所可用久矣. 幾死. 乃今得之.　爲予大用.　使予也而有用.　且得有此大也邪."(莊子 內篇 第4篇 人間世 第4章)

②벽을 뚫어서 창문을 내어 집을 만드는데 그 창문의 비어있음으로 해서 그 집의 유용함이 있게 되는 것이다. 고로 있음의 유익함은 비어있음의 작용으로써 있게 되는 것이다. 鑿戶 以爲室.當其無. 有室之用. 故

128

有之以爲利. 無之以爲用(도덕경 11장)

　①은 '쓸모 때문에 희생되지 않고, 도리어 쓸모없어
커질 수 있었다'는 뜻으로, 장자의 비움과 채움에 대
한 논리다.
　②의 예문 역시, '텅 비어 있기에 비로소 쓰임이 있
다'는 뜻으로 노자의 논리다.
　특히 장자의 논리는 무용지용(無用之用)이란 의미와
연결된다. 즉 무용지용(無用之用) 즉, '쓸모 없음의 쓸
모 있음'이라는 역설적 의미인데, 이 말의 의미도 결
국 '비움으로 채워진다'는 역설적인 논리와 상통하는
것이다.
　장자는 사람들이 쓸모 있는 것의 쓸모만을 알고, 쓸
모없는 것의 쓸모는 잘 모른다고 이야기했다. 쓸모없
는 것의 쓸모, 어찌 보면 단순히 언어의 유희로 치부
할 수도 있다. 사람들은 보통 쓸모 없는 것은 버려야
한다고 생각한다. 그런데 여기서 장자는 나무의 예를
들어 쓸모 없음의 쓸모 있음을 말했다. 반듯하고 튼튼
한 나무는 쓸 용도가 많아 금방 베어질 운명에 처해진
다. 하지만 구부러지고 부실한 나무는 그 쓸모 없음으
로 인하여 오랜 세월을 견뎌낸다는 것이다. 여기에서
쓸모는 다시 정의되고 비로소 쓸모 없음의 쓸모 있음
의 다른 가치가 탄생되는 것이다.

자연의 순리는 당연히 비우면 채워지는 것이다. 비우면 채워지는 것, 모든 존재 양식에 통용되는 원리다. 굳이 '에너지가 다른 에너지로 전환될 때, 전환 전후의 에너지 총합은 항상 일정하게 보존 된다'는 이른바 에너지 보존의 법칙이 아니더라도, 비워지는 자리에 새로운 것으로 채워지는 것이 당연한 자연의 순리다.

화자는 무엇을 비우는지, 무엇으로 채워지는지, 명시하지는 않았지만 마치 주문처럼 "비운다, 채워지는 것을 위해서 더 비운다"는 시어로 비움과 채움의 미학을 선언하고 있는 것이다.

비우는데 적당히 비우지는 않는다. 비우니까 더불어 무한이 채워지는 것들이 있었을 것이다. 그리하여 비우긴 비우되 너욱 치열하게 비우셌다는 선언인 것이다. 마치 삶의 치열한 쟁투 같은, 인생을 미친 듯이 살겠다는 선언을 반어로서 선언하고 있는 셈이다.

비운다. 집착도 욕심도 버리고 비운다. 비운다는 것은 다 선(善)은 아니다. 비움 이후에 절로 채워지는 것에 대한 것이 더욱 중요하기 때문이다. 비우면서 채워진다는 것에 염두에 둔다는 것과 채우는 것은 또 다른 비우는 일이기에 전혀 관심 두지 않는다는 것은 완전히 의미가 다르다. 비우되 채우는 것을 위해 더 비우는 것, 이것은 치열한 자기 정화요, 자기 정체성이라고 할 것이다.

그러므로 이 시는 결국 송 시인이 지금의 황혼기의 삶을 얼마나 치열하게 쟁투하듯 영위해 가고 있는가 하는 사실을 반어적인 문법을 통해 밝히고 있다고 할 수 있을 것이다.

3. 자연에서 체득한 참사랑의 원리(原理) 그 치열한 시화(詩化)

제3장은 야생화 등 자연물에 관한 송 시인의 새로운 의미 부여의 시들이다.

문명 이전의 원시시대, 인류는 자연을 자신들의 생존을 위협하는 공포의 대상으로 받아들였고 인류 문명의 발전사도 어떤 면에서는 이런 자연의 위협에 대한 대응의 역사였다고 할 수 있었다. 특히 서구에서의 자연관은 이처럼 자연의 위협적인 대상으로 보고 이의 극복을 위한 가치관을 정립해 나왔다. 만물에 대한 세계관에서도 하나의 지고지순의 상태(존재)가 있다고 보고 이데아(idea)라고 이름까지 붙이며 그것을 찾아 헤매게 되는 절대주의 세계관이 정립되었으니 기독교, 이슬람교 등 유일신 종교들은 바로 절대주의 세계관의 관점을 가진 종교였다.

그러나 동양의 세계관은 달랐다. 자연을 극복의 대상으로 인식하지 않았다. 특히 전통적인 세계관에서 만물의 본질은 한 가지로 고정되어 있지 않다고 보았다. '무상(無常)'이라는 개념, 곧 고정된 것은 없다는 뜻이 의미하는 가치관이며, 인간을 소우주(小宇宙)로서의 인식, 나아가 만물은 크기나 겉모습, 인간에 대한 이로움과 해로움과는 상관없이 모두 근원적으로 동일한 존재라는 '만물일류(萬物一流)'의 정신, 또는 두려움을 느낄 정도로 뭇 생명의 존귀함을 소중히 여기는 생명 외경(畏敬)의 가치관들이 주류의 세계관으로 흘러나왔다.

오늘날 우리나라 시인들이 자연현상이나 만물에 대한 시에서 그 대상체를 인격적인 동체(同體)로 인식하며 감정과 정서를 주입하여 주관적으로 표현하는 서정시를 자주 작시(作詩)하는 경우는 바로 이와 같은 전통적인 자연관이 바탕이 되었다고 할 수 있다.

자연의 시간에서 건져 올린 송 시인의 시는 자연에 순응하고 세계를 수용하는 시인의 태도가 잘 녹아 있다. 즉 자연의 법칙에서 벗어나지 않으며 오히려 그것에 동화되려는 의지가 돋보인다. 또 그러한 기본적인 자연관을 바탕으로 주변 자연물에 대한 가치와 의미 부여 등으로 시화시키고 있다.

시작도 끝도 없이
있는 듯 없는 듯

바람결 하나 쉬어가는

응달진 비탈에 피어난

이름 모를 한 송이 꽃

나를 닮았구나

네가 한시도 쉬지 않고

흔들리는 건

바람 따라 흐르고 싶어서겠지

나 또한

바람 따라 흐르고 싶다

아서라,

그 또한

공(空)인 것을.

–「바람에 흔들리는 꽃」 전문

    이 시에서 화자는 "응달진 비탈에 피어난/이름 모를 한 송이 꽃"을 자신과 동일시한다. 그리고 "흔들리는 건/바람 따라 흐르고 싶어서겠지/나 또한/바람 따라 흐르고 싶다"며 그 이름 모를 꽃의 소망과 화자 자신의 소망도 동일시한다. 그러나 결구 연에서 그러한 소망이 공(空)이라며, 부질없다고 말한다. 화자는, 바람

이 불어오면 바람 부는 대로 흔들리면 되지, 무엇 때
문에 애써 흔들거리며 바람을 부르느냐고 조용히 나무
라고 있다. 그러므로 화자는 이 시에서 순리의 중요성
을 강조하고 있는 셈이다.

누가 보거나 말거나
아랑곳하지 않고 피어난다
미색이건 박색이건
옥토이든 박토이든
상관하지 않는다

바람 불면 바람의 길 따라 흔들리고
비 내리면 빗방울에 젖어들며
새벽마다 이슬로 목 축이네

절로 자라나 꽃 피우고
씨앗 만들어 도리를 다하니

누가 가냘프냐고
누가 하찮은 꽃이라고 말할 수 있으랴
하늘 아래 땅 위에서
피어난 축복의 생이네

누구에게도 당당히 말하리니
내 생은 사랑의 수행이었다고

–「들꽃 한 송이」 전문

이 시에서 화자는 들꽃 한 송이를 의인화(擬人化)해 화자와 동일시하고 있다. 그리고 "바람 불면 바람의 길 따라 흔들리고/비 내리면 빗방울에 젖어들며/새벽마다 이슬로 목 축이네/절로 자라나 꽃 피우고/씨앗 만들어 도리를 다하니"라고 읊으면서 그 꽃의 일생은 곧 화자의 지난 온 생으로 읽히게 하고 있다.

그리고 결구 연에서 "하늘 아래 땅 위에서/피어난 축복의 생이네//누구에게도 당당히 말하리니"라며 자기 삶은 당당한 삶, 부끄러움이 없는 삶이었다고 토로하고 있다.

화자가 이 들꽃을 통해 그렇게 말할 수 있는 것은, "절로 자라나 꽃 피우고/씨앗 만들어 도리를 다하니" 했기 때문이었을 것이다.

그러므로 이 시 역시 천리 운행 순리의 중요성, 그 순리에 순종해 온 가치관의 중요성을 역설하고 있는 것이다.

화자는 「연잎 사랑」에서 누구도 관심 갖지 않은 연잎을 "무명을 깨우며 환히 빛나는/꽃 피우려 발자국은 진흙 속에/순수를 건져 올리고/줄기는 생각의 타래 담아/피어 올린 선화(禪化) 위하여"라며, 연잎을 사랑의 헌신으로 보았다.

화자는 또「양귀비꽃 연가」에서 "네 꽃 한 송이 피우기 위해/숱한 아픔의 시간 참아내며/한잎 두잎 고개 드밀 때마다/몸 찢기는 산통도 이겨내며"와 종국에는 "사랑의 향기 품었다"고 보고, "감히 바라보는 시선조차/흠결이 될 듯하고/네 순정한 사랑에/나의 열정은 한참 닿지도 못하니" 하면서, 화자 스스로가 그 순정한 사랑에 부끄럽다고 고백하였다.

화자는 또「달맞이꽃 사연」에서 "그댄 떠났지만/그대가 남긴 사랑만으로도 담뿍하여/그대 오지 않아도 외롭지 않나/가슴 서 밑바닥에 남긴 그대 숨결/하나하나 꺼내 들으며 기다릴 뿐//오로지 그대 꿈꾸며/평생토록 기다릴 것이니"라며 사랑의 또 다른 미학, 즉, '무슨 대가를 원하지도 다른 소유 같은 것도 탐하지 않고 기다리는 사랑의 의미'를 되새기고 있다.

또「해바라기」에서는 "해 뜨고 저녁노을 질 때까지/애오라지 그대의 마음 얻기 위해/목이 꺾어지고 비틀어지는 아픔도 감내하며/겸손하게 우러러보기만 했습니다//그대가 모른 척해도/설혹 그대가 내친다 해도/오직 끊임없는 열정으로/지극한 순정으로/내 사랑을 불태울 뿐입니다//그대가 어디에 있든/나는 그대를 향해 있겠죠"라며 앞의 시 「달맞이꽃 사연」에서의 사랑처럼 전혀 '아무런 대가를 바라지도 않고 오로지 사랑하는 것으로 만족하며 사랑할 뿐'인 지극히 순수한 사랑, 다시 말하면 운명론적인 사랑론을 설파하고 있다.

　시는 시인이 바라보는 현상만으로 시를 쓰는 것은 아니다. 시인이 만들어낸 세계에서 시를 쓰는 것이다. 시가 개성적이며 주관적(主觀的)이라는 것은 이점에서이다.

　시는 보고 느낀 감상을 넘어 상상으로 시작하여 일상의 체험과 직관, 그 일차적 상상의 변용 등을 향해 나가는 것이다. 이처럼 시인이 만든 세계, 즉 상상과 체험. 직관, 상상의 변용, 의미 부여 등의 세계가 시 문법을 통해서 표현되는 수단이기 때문에 시는 주관적인 것이 된다.

　송 시인의 야생화 시편에서도 마찬가지다. 시인은 자연물, 즉 여러 야생화를 통해, 야생화가 본질적이고 생태적으로 가지고 있는 순진무구한 생명력, 치열한 열정, 순리에 의한 발아에서부터 열매 맺기(결실), 절대적이며 개성적인 미감(美感) 등을 자기 주관에 의한 세계로 환치시키고, 화자가 생각하는 사랑의 성정과 본질을 대치시켜가며 사랑이란 의미를 창출해내고 있는 것이다.

시가 메시지를 구현하기 위한 일종의 수단이라고 했을 때 이러한 송 시인의 시 문법은 성공하였다고 할 수 있다.

송 시인의 이러한 자연물을 대상체로 한 작시(作詩)에서 비움의 논리가 적용되고 있는데, 송 시인은 비움에서 그치지 않고 비움에 이어 채움까지 언급하는 것은 의미가 있다. 비움과 채움은 순리이기 때문이다. 그런데 그 비움의 시정(詩情)이 채움을 위해 더 비운다는 역설적인 시정으로까지 승화된 것은 더욱 의미가 있다. 이는 보다 치열한 삶의 자기 증언이요 자기실현의 확인 같은 것이기 때문이다.

4. 가족에 대한 '사랑의 깊이'

하늘이 맺어준 인연이라는 '천륜(天倫)'은 부모와 자식 간의 인연이다. 하늘이 맺어준 인연이기에 끊으려 해도 끊을 수 없다는 뜻을 담고 있다. 모든 인연 중에서 천륜의 도리는 억겁의 세월 속에서도 가장 소중한 인연이다. 이 천륜의 중심인 부모는 자식을 위해서 무한한 희생도 마다하지 않는다. 부모는 누가 시키지 않아도 평생 자식을 위해서라면 뭐든지 해주고 헌신한다. 아낌없는 사랑도 베풀고 하다못해 때론 목숨을 걸

기도 한다. 자녀 역시 성장하면 그런 부모를 사랑으로
봉양하는 것이 당연한 도리요 그 도리를 고수해 온 것
이 우리의 전통이다.

　송 시인의 시집에서 가족들에 관련된 시편을 모아놓
은 곳이 4부다. 이 4부의 시편을 읽게 되면, 송 시인의
가족에 대한 사랑이 얼마나 크고 깊은지 알게 된다.

　가족사의 일면을 보여주기도 하고 때로 일상의 정서
적인 사건을 노래하기도 한다. 가족은 시인에게 그만
큼 소중한 기억을 담은 공동체이고 삶의 시작부터 동
기가 되어 온 구성원이어서이다.

새벽녘 닭 울음소리
여명을 깨우며 헛기침 소리에 놀래어
쪽문을 바라보는 순간

살포시 눈 비비며
창밖을 내다보니
발소리 뚜벅뚜벅

등지게 짊어지고 어둠을 가르며
사립문 나선 아버지 등은
가족을 통째로 짊어진 모습

눈시울 적시며 뜨거워진 가슴은

태양처럼 이글거리며

아침 이슬로 내려앉고

동녘의 기운 담아 세상의 빛을 밝히는

무거운 발걸음에는

논두렁 사이의 바람도 달아난다

　

　ㅡ「가장의 무게」전문

이 시에서 화자는 어렸을 적 아버지에 대한 기억을 소환하고 있다. 화자가 세상의 그 누구보다 존경하고 사랑했을 듯직한 아버지에 대한 기억이다. 어머니도 오빠들도 일어나지 않았던 그 새벽녘에 가족의 생계를 위해 등짐을 짊어지고 일 나가는 모습이 가슴을 뭉클하게 했을 것이다. 이후 성인이 되고 아버지에 대한 그때의 기억을 시제(詩題)로 하여 시를 쓸 때 "눈시울 적시며 뜨거워진 가슴은/태양처럼 이글거리며/아침 이슬로 내려앉고/동녘의 기운 담아 세상의 빛을 밝히는/무거운 발걸음에는/논두렁 사이의 바람도 달아난다"는 표현은 위대한 아버지의 모습을 형상화한 것이다. 이는 어렸을 때부터 보고 알아 온 아버지에 대한 모든 기억의 총화가 만들어낸 결과물 같은 것이었다고 할 수 있다.

5. 나가면서

송미숙 시인의 『일몰 없는 황혼의 삶』의 시편은 대체로 목소리가 차분하지만, 때로 내면의 격정적인 울부짖음 같은 강한 목소리도 서슴없이 내지르고 있는 전형적인 외유내강형(外柔內剛形) 시인으로서 목소리가 발현되고 있음을 확인하게 된다.

이는 솔직한 시인으로서 감성이, 또는 회갑을 넘긴 나이임에도 소녀 같은 꿈꾸기를 지속하는 여성 시인으로 순진무구한 품성이 건져 올린 시편들이기 때문이다.

이는 또 송 시인이 전통적 서정의 율격의 틀에 긍정적인 인생관이며 자연친화·무위자연의 의미 체험을 농밀하게 발효시켜 빚어낸 시편들이기 때문이다.

특히 '삶의 시간'에서 담아낸 송 시인만의 고유의 '비움과 채움'의 미학에 대한 추구며, '자연의 시간'에서 창출해낸 참사랑 원리에 대한 추구는 그만의 서정시학의 깊이를 더해주는 성과라고 할 수 있을 것이다.

이러한 시 세계의 성과는 결코 시적인 통찰력이나 풍부한 상상력만으로 다가갈 수 없다. 오랜 세월 시인의 내면에 묵혀지고 축적되어 온 '정도(正道)의 삶'에 대한 진득한 고뇌와 체험 그리고 진지한 성찰이 있었고 그런 인자(因子)들이 그의 시 문법에 덧칠해졌기에 가능하다.

그러므로 그의 시는 관념보다는 자연과 삶의 구체성을 띠고 리얼한 시 시계와 진정성을 보여 주고 있으며, 평이하면서도 독자 친화적인 목소리로 긴 여운과 큰 울림을 주는 것이라고 여겨지는 것이다.

그동안 자연의 시간에서 건져 올려진 그 시의 열정만큼, 그 이상으로 앞으로는 더욱 다양한 삶의 시간에서 다양한 삶의 가치와 정서를 건져 올려질 수 있는 시의 세계로 진전되길 바란다. 또한 이번 시집에서 추구된 '비움과 채움'의 고유 미학의 시 세계가 더욱 진전되어 더 많은 독자들에게 더 큰 사랑을 받는 큰 시인으로 입지해 주길 바란다.

일몰 없는 황혼의 삶

송미숙 지음

발 행 처 · 도서출판 청어
발 행 인 · 이영철
영   업 · 이동호
홍   보 · 천성래
기   획 · 남기환
편   집 · 방세화
디 자 인 · 이수빈 | 김영은
제작이사 · 공병한
인   쇄 · 두리터

등   록 · 1999년 5월 3일
(제321-3210000251001999000063호)

1판 1쇄 발행 · 2023년 10월 30일

주소 · 서울특별시 서초구 남부순환로 364길 8-15 동일빌딩 2층
대표전화 · 02-586-0477
팩시밀리 · 0303-0942-0478

홈페이지 · www.chungeobook.com
E-mail · ppi20@hanmail.net
ISBN · 979-11-6855-197-8(03810)